BIBLIOTECA ADELPHI

662

DELLO STESSO AUTORE:

Betty
Cargo
Carissimo Simenon · Mon cher Fellini (con F. Fellini)
Colpo di luna
Corte d'Assise
Faubourg
Gli intrusi
Hôtel del Ritorno alla Natura
I clienti di Avrenos
I complici
I fantasmi del cappellaio
I fratelli Rico
I Pitard
Il borgomastro di Furnes
Il clan dei Mahé
Il destino dei Malou
Il fidanzamento del signor Hire
Il gatto
Il grande male
Il passeggero del Polarlys
Il pensionante
Il piccolo libraio di Archangelsk
Il Presidente
Il primogenito dei Ferchaux
Il ranch della Giumenta perduta
Il testamento Donadieu
Il treno
Il viaggiatore del giorno dei Morti
In caso di disgrazia
L'angioletto
L'assassino
L'orologiaio di Everton
L'uomo che guardava passare i treni
L'uomo di Londra
La camera azzurra
La casa sul canale
La finestra dei Rouet
La fuga del signor Monde
La Marie del porto
La morte di Belle
La neve era sporca
La pazza di Itteville
La scala di ferro
La vedova Couderc
La verità su Bébé Donge
Le campane di Bicêtre
Le finestre di fronte
Le signorine di Concarneau
Lettera a mia madre
Lettera al mio giudice
Luci nella notte
Memorie intime
Pedigree
Pioggia nera
Romanzi, I
Romanzi, II
Senza via di scampo
Tre camere a Manhattan
Turista da banane

*

«Le inchieste di Maigret»

Georges Simenon

LA CASA DEI KRULL

Traduzione di Simona Mambrini

ADELPHI EDIZIONI

TITOLO ORIGINALE:
Chez Krull

ISBN 978-88-459-3138-3

Anno				Edizione							
2020	2019	2018	2017	1	2	3	4	5	6	7	8

LA CASA DEI KRULL

1

La prima cosa che Hans notò della casa dei Krull, della famiglia Krull – era un Krull anche lui, ma del ceppo originario, un Krull di Germania –, fu, quando ancora non era sceso dal taxi, una réclame trasparente incollata sulla porta a vetri dell'emporio.

Stranamente, fra tanti particolari che attiravano la sua attenzione, il suo sguardo si appuntò su quella réclame di cui decifrò, a rovescio, le due parole: «Amido Remy».

Lo sfondo era blu, un bel blu oltremare, e al centro campeggiava un pacifico leone bianco.

In quel momento, di fronte al leone dalla criniera immacolata come un lenzuolo, tutto il resto passò in secondo piano: un'altra réclame, anch'essa di plastica trasparente, con le parole «Liscivia Reckitt», relegata in posizione subalterna senza una precisa ragione; una scritta in giallo – «Mescita» –, metà sul vetro di sinistra e metà sul vetro di destra della porta; una vetrina zeppa di cordami, lanterne, frustini e parti di bardature; infine, poco distante, sotto il sole, c'era un canale, degli alberi, chiatte immobili e, lungo l'argine, un tram giallo che sfrecciava scampanellando.

« "Amido Remy"! » scandì Hans scendendo dal taxi.

Alle sue orecchie suonava come una formula magica, tanto più che, non parlando bene il francese, ignorava che cosa volesse dire.

« Vediamo un po' come sono questi Krull di Francia! » pensò alzando la testa mentre si cacciava in tasca il resto.

Sopra l'emporio, da una finestra aperta, si scorgeva il busto di un giovane in maniche di camicia seduto a un tavolo ingombro di quaderni. Da un'altra zona della casa provenivano grevi accordi di pianoforte.

Fu allora che, oltre la vetrina di articoli marinari, in una penombra che pareva remota, Hans intravide la fronte di una donna, due occhi e una capigliatura grigia. In quell'istante, il giovane in maniche di camicia si affacciò alla finestra del primo piano a guardare incuriosito il taxi; a destra, un'altra finestra si aprì mostrando il viso affilato di una ragazza...

Doveva solo attraversare tre metri di marciapiede e spingere una porta a vetri. Nella mano sinistra Hans reggeva una valigia di cuoio giallo, o più esattamente, di similpelle: un'ottima imitazione, come sanno fare in Germania. Data la sua altezza, camminava a grandi falcate. Un passo. Due passi. Allungò il braccio per girare la maniglia, ma la porta si aprì da sola mentre una singolare voce femminile, roca e stridula insieme, un miscuglio cacofonico di toni gravi e acuti, strillava sovrastando tutti gli altri rumori:

« Eccome se sei una depravata, lo sai benissimo... Siete tutti dei depravati in questa casa!... Non solo ladri, dei miserabili ladruncoli, ma anche depravati... ».

Hans, con la valigia in mano, fu costretto a bloccarsi davanti a due donne che si spintonavano sulla soglia: l'una strapazzava l'altra cercando di buttarla fuori, mentre la megera continuava ostinatamente il suo monologo.

Una parola aveva colpito Hans, la parola « depravati ». Gli sembrava di conoscerne il significato, ma gli riusciva difficile associarlo ai Krull. Lo colpì anche un'altra parola pronunciata dalla negoziante dai capelli grigi, probabilmente sua zia:

«Su, Pipì, non fate scenate!».

«Pipì» andò a incasellarsi nella sua memoria accanto all'amido Remy.

La scena durò il tempo di scendere dal taxi, pagare e attraversare il marciapiede. Intanto il giovane del primo piano era sbucato dall'emporio e, afferrata l'ubriacona per una spalla, l'aveva spinta con tanta violenza da spedirla barcollante diversi metri più in là.

«Hans Krull?» chiese poi prendendo la valigia del viaggiatore.

«Sì, sono io» rispose Hans in tedesco.

Nonostante tutto, ci voleva un momento per abituarsi: la zia lo squadrò da capo a piedi, ma si capiva che a impressionarla maggiormente era la valigia dalle cromature lucenti.

«Entrate, cugino» disse il giovane lanciando un'ultima occhiata minacciosa alla donna di nome Pipì.

Dopodiché arrivò l'odore. Non subito, però: prima, il campanello. Ogni volta che la porta si apriva e si chiudeva, trillava un campanello e a Hans sembrava di non aver mai udito un suono simile prima di allora.

Quindi, dentro l'emporio, ecco l'odore: un misto di catrame norvegese, quello che si applica sulle chiatte, di cordame, di spezie, con la nota dominante degli alcolici che venivano serviti su un angolo del bancone zincato.

«Venite in salotto, cugino... Non ci aspettavamo di vedervi arrivare in taxi... Anna!... Élisabeth!... C'è il cugino Hans!...».

Dietro l'emporio Hans scorse una cucina che doveva essere il centro della casa, ma lo fecero svoltare a destra, attraversare un freddo corridoio piastrellato di azzurro ed entrare in un salotto dove una ragazza si alzò precipitosamente dallo sgabello del pianoforte.

«Buongiorno, cugino...».

« Buongiorno, cugina... ».

« Lei è Elisabeth, mio padre la chiama Liesbeth... Ed ecco Anna... Io sono Joseph... ».

« Non parlate per niente francese? » domandò Élisabeth, mentre sua madre se ne restava immobile sulla porta, con le mani sul ventre.

« Poco e male... Me lo insegnerete... ».

Le iniziazioni sono sempre imbarazzanti, eppure Hans conservava il suo buonumore, un buonumore particolare, sconosciuto in quella casa. Più che altro una leggerezza, fisica e morale. Si muoveva con disinvoltura e i suoi gesti erano aggraziati come quelli di un ballerino, e gli occhi, che erano piccoli, sprizzavano gioia di vivere, e forse malizia.

« Vi faccio vedere la vostra camera, cugino? » riprese Joseph. Aveva più o meno la stessa età, venticinque anni, ma i suoi gesti, a differenza di quelli del cugino, erano legnosi e cauti.

I gradini della scala, tirati a lucido, scricchiolavano. Tutta la casa era impregnata degli effluvi dell'emporio, anche se al primo piano erano meno intensi e si mescolavano agli odori domestici. Dalla finestra del pianerottolo si scorgeva un cortile e un giardino con un albero solitario.

« Da questa parte, cugino... La camera è mansardata, ma guarda sul canale... Volete darvi una rinfrescata? ».

Hans si guardò le mani, che erano pulitissime. Sorrise e fu sul punto di spiegarne il perché. Doveva dirlo?

Non subito, decise. Più tardi, forse, avrebbe raccontato che, sul treno da Colonia, aveva conosciuto una bella donna, l'aveva aiutata a contrabbandare alcuni oggetti alla frontiera e, scendendo alla stazione, l'aveva portata all'Hôtel du Chemin de Fer.

Avventure del genere gli capitavano in continuazione, quasi senza volerlo. Lei non si era nemmeno spogliata. Gli aveva detto:

« Mia cognata mi aspetta alle quattro e mezzo e mio marito rincasa alle sei... ».

Ecco perché si era lavato prima di presentarsi dai Krull. Non le aveva nemmeno chiesto come si chiamava. Era salita su un tram giallo.

«Avete visto la famiglia quasi al completo» spiegò coscienziosamente Joseph mentre il cugino apriva la valigia e cominciava a tirare fuori qualche effetto personale. «La mamma manda avanti l'emporio...».

«Come mai ha chiamato Pipì quella donna? È un nome?».

«Un soprannome! Quella donna è l'incubo di mia madre. Vive con la figlia e un barbone su una chiatta abbandonata, mezza affondata nel canale. Sbriga le commissioni per i marinai, soprattutto quelli di passaggio, che si fermano alla chiusa solo per pochi minuti. È sbronza dalla mattina alla sera, e quando le va si accuccia in riva al fiume o sul marciapiede per fare i suoi bisogni...».

«Ho capito».

«Anna, mia sorella maggiore...».

«Quanti anni ha?».

«Trenta! È lei che bada alla casa. Era in cucina a stirare quando siete arrivato... Élisabeth ha diciassette anni... Studia pianoforte... Vuole diventare insegnante di musica...».

«E voi?».

«Studio medicina. Tra quindici giorni presento la mia tesi sullo pneumotorace bilaterale...».

«E vostro padre?».

«Passa tutto il tempo nel laboratorio con l'operaio... Volete che andiamo a trovarlo?».

Il laboratorio era al pianterreno, in un locale in fondo al corridoio, con la porta che dava sul giardino. Due uomini seduti su seggiole così basse da sembrare seduti sul pavimento intrecciavano ceste di vimini.

Quello che, con la sua bella barba bianca, somigliava a una statua di san Giuseppe, era il vecchio Krull, Cornélius Krull. Dopo aver girato Germania e Francia come cestaio, si era stabilito in quella città senza una ragione particolare, come ci si ferma una volta giunti al termine del proprio viaggio.

Invece di baciare Hans, gli tracciò sulla fronte una piccola croce con il pollice, in un gesto che gli era familiare, e chiese:

« Come sta mio fratello Wilhelm? ».

« Bene... Abbastanza bene... » rispose prontamente Hans.

« Abita sempre nella nostra casa, a Emden? Nell'ultima lettera che mi ha scritto, trent'anni fa, diceva di avere aperto una bottega da calzolaio... ».

Cornélius Krull, con il viso e la barba di legno, continuava a maneggiare i flessibili ramoscelli di vimini, mentre una cicca di tabacco gonfiava ora la guancia sinistra, ora la destra dell'unico operaio, che lavorava lì sin da quando era arrivato il vecchio Krull.

« Adesso volete vedere la mia camera, cugino? ».

La camera sapeva di chiuso. Era il più sgradevole tra gli odori della casa e Joseph, con il lungo corpo privo di vigore, il volto pallido e sempre serio, i capelli a spazzola, né biondi né rossi, gli occhi di un azzurro slavato, lo annoiava.

« Anche voi state preparando qualche esame? ».

« Ne ho dato qualcuno... Di diritto... Ho dovuto lasciare l'università per motivi politici... ».

« Che cosa fate in Germania? ».

« Niente... Non tornerò mai più in Germania... ».

Sentì lo sguardo di Joseph farsi freddo, diffidente.

« Quando avrò un po' più di dimestichezza con il francese andrò a Parigi e mi arrangerò... Magari mi farò naturalizzare... Voi siete naturalizzati, vero? ».

« Papà è francese da prima della guerra. Io ho fatto il servizio militare in Francia... ».

Hans non si trattenne a lungo in camera di Joseph, lasciando il cugino alla sua tesi sullo pneumotorace bilaterale... « La radioscopia consentirà di osservare il collasso polmonare sin dalla fase iniziale dello pneumotorace bilaterale e... ».

Erano le ultime parole del quaderno. Accordi di piano rimbalzavano su tutte le pareti di casa. Hans andò a sedersi dietro la cugina Liesbeth che aveva un lungo naso appuntito.

«Diamine! Non è esattamente uno spasso vostro fratello!».

Lei sorrise ma non disse nulla.

«Nemmeno vostra sorella Anna, del resto!».

C'era una carta da parati a fiorellini. Dalla finestra aperta entrava l'estate, insieme ai rumori della strada e soprattutto, ogni tre minuti, al festoso scampanellio del tram giallo. La fermata distava soltanto una cinquantina di metri, e ogni volta si udiva lo stridio dei freni che facevano cadere un po' di sabbia sui binari.

«Poco fa» spiegò Hans guardando la nuca della cugina «mi sono sentito parecchio in imbarazzo davanti a vostro padre...».

«Come mai? Perché è così silenzioso?».

«No... Perché mi ha chiesto notizie del mio...».

«Ed è una domanda imbarazzante?».

«Be', sì!... Mio padre è morto da quindici anni...».

Lo aveva detto in tono scherzoso e Liesbeth, che si era girata di scatto a guardarlo, a sua volta non riuscì a trattenere un sorriso.

«Ma la lettera?... Quella che vostro padre ha scritto ai miei genitori?...».

«... che io ho scritto!».

«Perché?».

Lui si grattò la testa in modo comico. Benché fosse il Krull tedesco, come dicevano in casa, aveva una carnagione quasi scura, un aspetto quasi meridionale, mentre i Krull francesi avevano conservato un colorito di porcellana danese.

«Non lo so nemmeno io... Ho pensato che una lettera da parte di mio padre avrebbe fatto più effetto... Sono bravo a imitare le calligrafie... Così ho scritto che mio figlio Hans aveva bisogno di passare due o tre mesi in Francia per perfezionare la lingua...».

La fissava negli occhi e lei fu costretta a distogliere lo sguardo.

«Siete arrabbiata?».

«La cosa non mi riguarda... Ma se mio padre...».

«Glielo direte?».

«Per chi mi prendete?».

«Cercate di capire, dovevo assolutamente lasciare la Germania e avevo solo pochi marchi... Allora mi è venuto in mente il fratello di mio padre... Mi chiedevo solo se, dopo tanti anni, abitasse ancora nella stessa città... Mi sembra strano che la gente resti così a lungo in un posto...».

«E voi?».

«Io ho vissuto un po' dappertutto in Germania: a Berlino, a Monaco, e anche in Austria. Poi ad Amburgo e su un piroscafo dell'Amerika Line...».

«Cosa facevate?».

«Qualunque cosa, quello che capitava ... Sul piroscafo suonavo nell'orchestra... A Berlino mi occupavo di cinema...».

«È meglio se qui non raccontate queste cose» disse lei voltandosi verso il pianoforte.

«Lo so!».

«Allora perché me ne avete parlato fin dal primo momento?».

«Così!» rispose avviandosi verso la porta, dove si fermò un istante a squadrarla.

Subito dopo dal salotto uscì un profluvio di note.

Nemmeno ventiquattr'ore dopo il suo arrivo Hans girava per casa con la massima disinvoltura, come se ci avesse passato tutta l'infanzia; ovunque si trovasse riusciva persino a riconoscere la voce di Pipì, che veniva di continuo a sbrigare commissioni per i marinai e ogni volta non perdeva occasione per farsi un cicchetto.

E non si era limitato ad ambientarsi tra le pareti domestiche, aveva esplorato anche i dintorni. La città era come se non esistesse. La casa si trovava all'estrema periferia, al punto che non ne faceva quasi più parte.

Tanto che il tram si fermava a meno di cinquanta metri e tornava indietro dopo aver fatto manovra.

Di fronte alla casa, la banchina, larga e fiancheggiata da tre o quattro filari di alberi, era disseminata di panchine, travi, legname da costruzione e mattoni scaricati dalle chiatte...

Al di là del canale, su una specie di terreno incolto o di campo di manovra, sorgeva il lungo fabbricato rosso del poligono di tiro militare; dalla mattina alla sera risuonavano come frustate le detonazioni dei fucili. Ma questo succedeva sull'altra sponda. Non faceva parte di quai Saint-Léonard, perciò non contava.

Su quai Saint-Léonard, oltre l'emporio dei Krull c'era solo una casa con annessa un'officina: la Falegnameria Guérin.

Più avanti, un cantiere proprio in riva al canale, alcune chiatte tirate in secca e delle barche non ultimate: i Cantieri navali Rideau.

«Andate mai a passeggio lungo il canale?» chiese Hans a Liesbeth.

«Non mi lasciano uscire da sola».

«Allora quand'è che andate a spasso?».

«La domenica, quando tutta la famiglia va in chiesa».

I Krull francesi, al pari di quelli di Emden, continuavano a professare la religione protestante.

«Non vi annoiate mai?».

«Mi annoio sempre!».

Lui, invece, non si annoiava affatto. Si aggirava per casa curiosando, ficcava il naso negli angoli più remoti e trovava tutto divertente, inclusa Anna, che recitava la sua parte con estrema serietà.

«Prendete un po' di formaggio, cugino?».

«Prendere? Perché non dite mangiare?».

«Perché in francese si dice prendere un po' di formaggio... Io prendo un po' di formaggio, tu prendi un po' di formaggio... ».

Ricordava tutto quello che lei diceva e, alla prima occasione, si divertiva a farla cadere in contraddizione, con affabilità, e con uno scintillio malizioso nello sguardo. Di tanto in tanto, senza motivo apparente, faceva l'occhiolino a Liesbeth, che voltava la testa dall'altra parte.

Pur avendo trascorso più di due terzi della sua vita in Francia, Cornélius Krull non aveva mai imparato il francese. In compenso, aveva quasi dimenticato il tedesco e si esprimeva in una strana lingua ibrida che solo i suoi familiari erano in grado di capire.

« Pipì è venuta di nuovo, zia Maria? ».

Si divertiva a stuzzicare la zia, nonostante la sua imponenza, e le domandava candidamente:

« Perché tenete sempre le mani sul ventre? ».

Due giorni? Nemmeno! Era lì da un giorno e mezzo, sfaccendato e noncurante.

Erano circa le undici del mattino: un'ora che prediligeva per via della luce, degli odori che provenivano dalla cucina e del campanello dell'emporio che non la smetteva di trillare.

Era appena salito in camera sua, senza una ragione particolare, dopo aver preso dalla dispensa un pezzo di salame. Si era steso sopra le coperte tutto vestito, in ascolto. Dai rumori nella stanza accanto si capiva che Liesbeth era intenta a voltare il materasso e rifare il letto.

Con lo sguardo fisso al soffitto, che le mosche avevano picchiettato di nero, sembrava chiedersi:

« Vado o non vado?... Ci provo o non ci provo?... ».

Finì di masticare l'ultimo boccone di salame, si alzò, si pulì la bocca e sorrise rimirandosi allo specchio. Poi girò piano piano la maniglia della porta, si fermò sul pianerottolo con l'orecchio teso, afferrò la maniglia di un'altra porta e la aprì senza fare il minimo rumore.

Non si era sbagliato: Liesbeth si girò di scatto e trasalì, lanciando istintivamente intorno uno sguardo spaurito.

Che cosa temeva se non questo?

E il letto che non era ancora stato rifatto...

E lei che non portava niente sotto il grembiule!...

« Che cosa...? ».

Lui sorrise, strizzò l'occhio e richiuse la porta.

Un quarto d'ora dopo si allontanò in punta di piedi con un lungo graffio sul viso ma lo sguardo più raggiante che mai. Non si voltò, non voleva essere troppo crudele. Ruotò la maniglia, adagio, senza produrre alcun rumore, come sapeva fare lui. E vide...

Si trovò di fronte Joseph, anche se non proprio alla stessa altezza, perché il cugino si era già avviato giù per le scale e se ne scorgeva solo il busto.

Era pallido, più pallido del solito, e i suoi lineamenti si contraevano in modo inquietante. Sembrava sul punto di scappare, come se fosse stato sorpreso a spiare dal buco della serratura.

Hans non stette lì a domandarsi cosa fosse opportuno fare. Reagì d'istinto e si trasse d'impaccio con un'occhiata. Tornò in camera sua, guardò dalla finestra sfrecciare il treno, la massa verde degli alberi, i riflessi dell'acqua fra i tronchi, si annusò, sentendosi addosso tracce di Liesbeth.

A tavola, durante il pranzo, Joseph non disse nulla. Era noioso come sempre, tutto compreso della solennità della vita.

Il vecchio Cornélius, l'unico a godere del privilegio di una poltroncina di vimini, non parlava mai e a Hans venne il dubbio che fosse un po' rimbambito.

Anna, invece, si occupava del cugino.

« Come si chiamano queste? » gli chiedeva indicando il piatto.

« Carote... ».

« E questa? ».

« Carne! ».

« Costoletta di agnello... Ripetete... Costol... ».

Gli sarebbe piaciuto farsi una risata, dare di gomito a Liesbeth seduta accanto a lui, e addirittura – perché no? – chiederle ad alta voce:

«Come si chiama quello che abbiamo fatto poco fa?».

Invece si tratteneva, non mostrava niente di tutto ciò, non si poteva nemmeno dire che sorridesse, però sprizzava allegria da tutti i pori.

«Liesbeth, non mangi?» brontolò zia Maria.

«Non ho fame».

E lui, nonostante tutto, si tolse lo sfizio di pontificare in un tono degno del paludato Joseph:

«Alla vostra età si dovrebbe avere sempre fame!».

Per tutta risposta lei gli lanciò uno sguardo afflitto. Scorgendole gli occhi appannati dalle lacrime, lui le strinse giocosamente un ginocchio.

«Non è così, Joseph? Voi che siete medico...».

Gli altri non potevano capire. Per loro era una giornata qualunque, immersa nella pace e nel sole. Non immaginavano che erano bastati pochi minuti...

A un tratto Liesbeth si alzò con il viso affondato nel tovagliolo e mentre usciva si sentì il suono rauco di un singhiozzo.

«Ma che cos'ha?» si preoccupò sua madre.

E Joseph che guardava fisso il cugino! Il vecchio Cornélius masticava lentamente, senza pensare ad altro, mentre l'operaio, nel laboratorio, sbocconcellava lo spuntino che ogni giorno si portava da casa...

«Vi va di fare una passeggiata, cugino?».

«Chiamatelo Joseph, Hans!» intervenne zia Maria.

Era sera. Tutta la famiglia se ne stava sul marciapiede, di schiena al muro di casa: lo zio sulla sua poltroncina di vimini, gli altri su sedie impagliate.

Il sole era appena tramontato. Dal canale saliva una frescura umida e tra gli alberi spuntavano sottilissimi nastri di nebbia.

Venti metri più in là, sul marciapiede davanti alla falegnameria, altre sedie, altra gente che non aveva niente a che spartire con i Krull e non li degnava nemmeno di uno sguardo.

Cornélius fumava una lunga pipa di porcellana, con gli occhi socchiusi e la barba rigida come quella della statua di un santo. Zia Maria ricamava con un filo rosso gli angoli di una pila di tovaglioli a quadretti. Anna aveva preso un libro ma non lo leggeva, e Liesbeth era andata a letto con la scusa che si sentiva poco bene.

Il mondo sembrava essersi svuotato. Le chiatte sonnecchiavano. Un sottile rivolo d'acqua che sgocciolava dalla fessura di una paratoia della chiusa diffondeva nell'aria un gorgoglio di fontana, interrotto ogni dieci minuti dal frastuono del tram, le cui irruzioni si diradarono con il calare della notte.

« Ma sì... Andate a fare due passi... Non tornate troppo tardi... ».

Hans non si metteva mai il cappello, il che accentuava la sua aria disinvolta. Portava camicie morbide, con il colletto aperto: il suo modo di vestire aveva una particolare rilassatezza che faceva risaltare la legnosità di Joseph.

Chissà perché, sulla superficie liscia del canale continuavano ad allargarsi piccoli cerchi, come a mostrare che lì sotto c'era vita.

I due giovani, coetanei, camminavano a lunghi passi lenti.

Non solo avevano la stessa età, ma erano della stessa statura e avevano entrambi gambe lunghe e piedi grandi.

« Non dite niente, cugino Joseph? ».

Voltandosi indietro potevano vedere, immobile sulla soglia di casa, la famiglia e, un po' più lontano, raggruppata sul marciapiede, l'altra, quella del falegname.

« Mi chiedo che intenzioni avete con mia sorella... ».

« Non ho nessuna intenzione! ».

Si erano lasciati alle spalle le ultime case e davanti a

loro si estendeva la campagna, o meglio una zona neutra di siepi, ortiche e terreni incolti, ma non ancora di pascoli o vacche.

«Avete guardato dal buco della serratura?» domandò Hans senza alcun imbarazzo.

Non si girò verso il cugino. Non era necessario per sapere che era arrossito.

«Se avete guardato, avrete constatato che lei ne aveva voglia quanto me...».

Notò che la mano di Joseph, una mano lunga, resa più pallida dalla luce del crepuscolo, una mano curiosamente disegnata, si era messa di colpo a tremare.

«Perché siete venuto da noi?» domandò Joseph con voce esitante.

«Perché non sapevo dove altro andare!».

«Perché proprio qui?».

«Ve l'ho appena detto: mio padre aveva solo un fratello e una sorella... Sua sorella è in un convento, a Lubecca... Non potevo mica andare in convento...».

E in tono più leggero:

«Avete lavorato oggi?».

«No!».

«Per via di quello che è successo?».

«Per via di tutto...».

«Tutto cosa?».

«Tutto quanto!».

Gli tremavano le mani. Si erano fermati a meno di venti metri da un lampione, l'ultimo prima della totale oscurità della campagna. Hans seguì la direzione del suo sguardo e scorse una forma confusa, una coppia abbracciata, in piedi, nell'ombra: la donna sollevata sulla punta dei piedi per meglio incollare le labbra a quelle dell'uomo.

«Chi è?» chiese tanto per chiedere.

«Sidonie...».

«E chi è Sidonie?».

«La figlia di Pipì... Non importa...».

«Dite un po', Joseph!».

«Che c'è?».

«Non è che siete tutti un po'... un po' esaltati, in famiglia?».

Non era la parola giusta. Aveva esitato. Se avesse conosciuto il termine «suonato» probabilmente avrebbe usato quello.

«Perché dite così?».

«Così... Mi vengono in mente certe cose... La sorella di mio padre e del vostro, che dopo aver letto non so quale libro ha rinnegato la fede luterana ed è entrata in convento... C'è chi dice che abbia persino delle visioni... Quando è morto, mio padre da due anni non sopportava la vista del colore rosso... Sapete com'è morto?».

«Mio padre è perfettamente normale!» saltò su Joseph.

«Può darsi. Dicevo tanto per dire... È sempre così trafficato il canale?».

«Sempre... È il porto principale della città...».

«Avete molti amici?».

«Neanche mezzo!».

«E all'università?».

«Non sei molto benvisto quando hai una madre che serve da bere ai cavallanti...».

«Perché lo fa?».

«Perché la gente del quartiere ci considera stranieri e non viene da noi... Se non fosse per i battellieri e i cavallanti...».

La strada si era ridotta a una stretta alzaia lungo il canale. Un barchino scivolava lentamente sull'acqua: un pescatore di frodo, che andava a posare attrezzature proibite, manovrava la pertica scrutando gli argini.

«Avete un'amante, cugino Joseph?».

«No...».

Era un no rabbioso, cattivo.

«Torniamo indietro?...».

Poco lontano dal lampione rividero la coppia. Pareva che non avessero mai staccato le labbra. Più in là, le barche in secca del cantiere navale, la famiglia del falegname davanti alla prima casa, e infine la famiglia Krull, con la poltroncina di vimini, la barba bianca, la lunga pipa di porcellana e il grembiule a quadretti della zia.

L'aria era azzurrina, i nastri di nebbia di un azzurro più chiaro, tutto era azzurro: il cielo, gli alberi erano blu notte, e quando rientrarono era blu anche la réclame trasparente dell'Amido Remy.

Prima di aprire la porta della sua camera, Hans indugiò sul pianerottolo. Udì un rumore che sembrava un singhiozzo soffocato e alzò le spalle.

Poi, una volta a letto, sentì Joseph, nella camera sotto alla sua, camminare avanti e indietro senza darsi pace.

2

Prima del fattaccio, la macabra scoperta sull'argine del canale, passarono altri tre giorni qualsiasi e una domenica. Hans, naturalmente, sapeva tutto, intanto perché, anche a letto, udiva il minimo scricchiolio e ne intuiva la provenienza, poi perché era sempre ovunque, instancabile: in cucina dietro ad Anna, nell'emporio quando zia Maria serviva da bere a un cavallante o litigava con Pipì, nella stanza di Liesbeth, dove la cugina non si azzardava più a entrare, nel laboratorio o in camera di Joseph. Il più delle volte non lo sentivano arrivare e nel vederlo sussultavano, domandandosi da quanto tempo fosse lì a spiarli.

Sapeva che Cornélius era il primo ad alzarsi la mattina, ed era sempre stato così fin da quando si era sposato. Forse all'inizio era successo per caso, ma poi era diventata un'abitudine. Scendeva in pantofole, senza far rumore, con i gesti brevi e rapidi di un topolino, andava in cantina a riempire due secchi di carbone, dopodiché accendeva il fuoco. Hans se ne accorgeva per via della zaffata di petrolio che gli arrivava, poiché con quello Cornélius annaffiava la legna da ardere.

Poi si apriva la porta dell'emporio; lo zio macinava il caffè e mentre aspettava che l'acqua bollisse si caricava la lunga pipa.

Alle sei risaliva di sopra a passettini veloci per andare a posare una tazza di caffè sul comodino della moglie.

Hans sapeva anche altro ...

Una cosa ignorava, però, e la scoprì quella domenica! Innanzitutto che, pur con la serranda abbassata, la porta dell'emporio restava socchiusa, e continuavano a servire da bere e a vendere merci. E poi che non tutti andavano alla funzione protestante, sempre per via dell'emporio: a turno la zia o Anna rimanevano a casa.

Gli altri, quel giorno, prendevano il tram all'angolo della strada e già l'attesa alla fermata aveva una certa solennità. Lo zio, in redingote, con le mani rigide infilate in un paio di guanti di filo grigio, guardava fisso davanti a sé. Joseph aveva la solita aria annoiata e quell'abitudine di piegare la testa di lato, con un che di nostalgico o rassegnato – la stessa di sua madre.

« Le vie del Signore sono imperscrutabili... ».

Questo fu il tema del sermone di quella domenica. All'uscita dalla chiesa protestante, la città era animata e in quel quartiere del centro erano arrivate le giostre.

« Avete mai fatto un giro sui cavallucci di legno, cugina? » chiese Hans a Liesbeth.

Appena la guardava lei non poteva fare a meno di arrossire e neppure Joseph sopportava più lo sguardo del cugino.

Hans rideva notando l'estraneità della famiglia Krull mentre passava in mezzo alla folla in festa. Non solo non erano cattolici e lo zio Cornélius spiccicava a malapena qualche parola di francese, ma tutto in loro, persino il sorriso rassegnato di Joseph, era estraneo a ciò che li circondava.

Invece di riprendere il tram dov'erano scesi, per tradizione andavano alla fermata successiva e, sempre per tradizione, si fermavano in una pasticceria a comprare un dolce che Liesbeth portava tenendolo per il nastrino.

Povera Liesbeth, che non osava più guardare in faccia nessuno e faceva un dramma di un episodio insignificante da cui era uscita un po' ammaccata! A sconvolgerla – cosa davvero strana – era stata più la circostanza che Hans l'avesse contemplata, per così dire, pezzo per pezzo, che non quello che aveva fatto! Ancora adesso le veniva istintivo portarsi la mano al petto, come per assicurarsi che i piccoli seni a forma di pera non fossero nudi!

« Le vie del Signore sono imperscrutabili » annunciò Joseph alla madre che ci teneva sempre a conoscere l'argomento del sermone domenicale.

Il signor Schoof arrivò alle tre, con Marguerite. Prima ancora di conoscerli, Hans era stato informato nei minimi particolari della loro vita. Schoof era l'unico amico di famiglia, un tedesco naturalizzato, stabilitosi in Francia nello stesso periodo di Cornélius Krull, che possedeva un negozio di burro e formaggi in rue Saint-Léonard.

Era basso, grassottello, roseo, con occhi color nontiscordardimé e una boccuccia da poppante. Marguerite non era meno fresca, così rotondetta da far pensare a qualcosa di commestibile.

Ufficialmente non era la fidanzata di Joseph, ma in pratica era come se lo fosse, dato che era stato stabilito da sempre che si sarebbero sposati.

Anna mostrò un nuovo punto all'uncinetto; Marguerite arrossì ripetutamente incrociando lo sguardo di Hans che si posava volentieri sulla sua camicetta tesa da scoppiare. Che altro fecero? Niente. Cornélius non parlava. Sedeva sulla sua poltroncina di vimini come in un ritratto di famiglia, e di tanto in tanto si toglieva la pipa di bocca con gesto ieratico per rivolgere qualche monosillabo all'amico Schoof.

Schoof gongolava. Se ne stavano entrambi sul marciapiede, tutti contenti, a guardare il canale, il tram che passava a intervalli regolari, una famiglia vestita a festa che si recava in visita. Si sentiva il profumo della cioccolata che preparavano nella vicina casa del falegname, dove la domenica aveva più o meno lo stesso ritmo. Talvolta Hans osservava le mani di Joseph, prevedendo l'attimo in cui si sarebbero contratte in uno spasmo, come se il cugino soffrisse di improvvise vertigini.

«Saliamo un momento?» sussurrò all'orecchio di Liesbeth, seduta compostamente sulla sedia.

Sarebbe stato divertente, in quella pace, con la finestra aperta e tutta la famiglia radunata sul marciapiede, ma Liesbeth sussultò come se avesse udito una bestemmia.

Forse con Anna? Peccato che avesse già l'aspetto solido, coriaceo, della madre, e Hans si era anche accorto che portava una guaina che le conferiva la rigidità di una vecchia credenza.

In un modo o nell'altro, il tempo passava: la tavola, che era stata sparecchiata dopo pranzo, poi apparecchiata e sparecchiata per la merenda, veniva nuovamente approntata con la tovaglia e i piatti in previsione della cena.

Solo dopo quest'ultimo pasto Hans uscì per andare a fare un giro alle giostre, senza cappello, come al solito, con le mani in tasca, la sigaretta in bocca e quell'aria di chi si sente ovunque a casa propria che tanto sconcertava Joseph.

Notò una ragazzina e fu quasi certo che fosse la stessa che aveva scorto nella penombra lungo il canale, stretta a un uomo, quella Sidonie figlia della famigerata Pipì.

La seguì per un po' tra la folla. Era a braccetto di un'altra ragazzina, ancora più giovane di lei. A dispetto dei suoi sedici anni, Sidonie si atteggiava a signorinella, o meglio, a sgualdrina elegante.

Doveva aver visto *La signora delle camelie*, e passeggiando nel piazzale delle giostre era convinta di essere al centro dell'attenzione, di attirarsi tutti gli sguardi di desiderio da parte degli uomini e di gelosia da parte delle donne.

Lo si capiva dal modo che aveva di camminare, di guardarsi intorno, di chinarsi ridendo verso la docile compagna per sussurrarle delle confidenze.

Non era brutta. Mingherlina, palliduccia, ma con lineamenti fini, un corpicino ben disegnato che strizzava esageratamente nel tailleur per far risaltare le giovani forme.

Hans fu tentato di... Ma no! Scrollò le spalle. Non se la sentiva di scortarla con l'amica in tutti i baracconi delle giostre prima di trascinarla – forse! – in un angolo buio.

Fece bruscamente dietrofront: aveva scorto suo cugino girovagare anche lui tra la folla, con la differenza che Joseph aveva i lineamenti tirati, lo sguardo fisso e l'aria di chi sta facendo qualcosa di molto serio o di molto difficile.

Per un po' Hans si divertì a osservarlo da lontano e si rallegrò nel vedere quel ragazzone severo seguire goffamente la scia di Sidonie.

« Di sicuro gli tremano le mani! » pensò.

Gli Schoof erano rincasati da un pezzo. I Krull dormivano. Hans bevve una birra a un tavolino all'aperto di un caffè, cercò con gli occhi il cugino e se ne andò a letto. Un lieve rumore nella stanza vicina gli rivelò che Liesbeth non stava dormendo, ma non se la sentì di entrare da lei, soprattutto perché si sarebbe messa a piangere e gli sarebbe toccato parlare.

Il rumore delle palate di carbone in cantina, poi, parecchio tempo dopo, il macinino da caffè. Hans si alzò, senza un motivo preciso, e scese in pigiama, forse con l'intenzione di osservare lo zio più da vicino.

Cadeva una pioggerella sottile che sarebbe durata poco e accentuava il verde degli alberi lungo il canale. Sulla superficie liscia dell'acqua si formavano e scomparivano milioni di cerchi concentrici. Alcuni operai passavano in bicicletta.

« Buongiorno, zio! ».

Lo zio Cornélius lo guardò incuriosito, non ancora abituato a quel ragazzo e ancor meno all'idea che si potesse prendere il fresco sul marciapiede in pigiama. Ma non disse niente. Non diceva mai niente. Forse era un idiota, forse un filosofo che conduceva placidamente la sua personale esistenza protetto da un guscio invisibile.

Proprio di fronte alla casa una chiatta a motore, una grossa chiatta scura con la prua arrotondata, si accingeva a partire. Una donna, sul ponte, spingeva con la pertica per scostare l'imbarcazione dalla riva, mentre il marito, in basso, cercava di avviare il motore diesel al quale sfuggiva qualche rantolo.

Il motore non ne voleva sapere di partire. La paratoia della chiusa era aperta. Dietro c'erano altre chiatte in attesa. La donna si chinava sul boccaporto e si rivolgeva al marito in fiammingo.

Allora, malgrado le gocce d'acqua, Hans attraversò la strada, sempre in pantofole e pigiama, in tutta disinvoltura e scioltezza, con la prima sigaretta della giornata tra le labbra.

Per un attimo la sua attenzione fu attratta da un gruppo di soldati che, dall'altra parte del canale, entravano nel poligono. Poi cercò di capire che cosa si dicevano in fiammingo l'uomo e la donna.

Girandosi, vedeva la casa dei Krull, l'emporio dei Krull e lo zio sulla soglia, con la sua lunga pipa così tedesca.

A un tratto l'acqua iniziò a ribollire e dal tubo di scappamento fuoriuscì un fumo grasso. Il marinaio sbucò sul ponte e corse al timone.

« Ehi! » gli urlò Hans.

L'uomo si voltò, sporgendosi per vedere nell'acqua quello che gli indicava il giovane.

Nemmeno Hans sapeva di che cosa si trattasse: qualcosa di bianco, tra i mulinelli, come un grosso lembo di biancheria. Il muso della chiatta stava già avanzando tra le pareti grondanti della chiusa. Il marinaio si sporse ancora di più, senza smettere di guardare davanti a sé per via della manovra, poi all'improvviso lanciò un grido e prese a gesticolare.

A terra, gli altri – il guardiano della chiusa, un pescatore, alcuni marinai in attesa – si avvicinarono incuriositi. L'uomo spinse con la gaffa la massa bianca verso la riva e allora si scoprì che era un corpo, completamente nudo, livido: la testa non si scorgeva ancora, perché, più pesante, era nascosta sott'acqua.

Bisognava innanzitutto che l'imbarcazione entrasse nella chiusa. Da terra, il pescatore cercò di tirare a riva il corpo con l'estremità più grossa della sua canna, ma il bambù era troppo leggero e a ogni tentativo di agganciarla allontanava la massa bianca.

Erano in quattro o cinque a guardare, e diventavano sempre più numerosi: arrivò gente dalle barche ormeggiate, un ragazzino, una donna che allattava, un impiegato del gas con il caratteristico berretto...

Uno dei marinai risalì a bordo, balzò sulla scialuppa e la spinse verso il cadavere. Proprio in quel momento, qualcuno chiese a Hans:

«Cos'è?».

Lui alzò le spalle. Aveva smesso di piovere e una leggera foschia cominciava a salire dal canale, ma nessuno ci faceva caso.

L'uomo sul barchino cercò dapprima di agganciare il corpo con la gaffa, spettacolo un po' impressionante, dato che l'uncino di ferro infilzava la carne, ma ogni volta il corpo si staccava.

Poi, dopo un attimo di esitazione, non tanto per il disgusto quanto per l'imbarazzo, lanciò un'occhiata agli astanti come a dire:

«Pazienza! Non resta altro da fare...».

Si piegò in due, afferrò la massa informe per la vita e la sollevò, tenendola per un attimo sospesa fuori dall'acqua come uno strano manichino, prima di lasciarla ricadere, grondante, nella barca.

Fu sufficiente per vedere che si trattava di una donna, o meglio, di una ragazzina. Adesso, sull'argine, la gente camminava lentamente, seguendo il barchino che andava ad accostare un po' più in là, dov'era più facile attraccare.

Il corpo era adagiato sull'erba dell'argine, coperto da un telo. Lì accanto, un agente se ne stava in piedi ad ascoltare i commenti dei curiosi.

Quando Hans si decise ad attraversare la banchina per tornare a casa, tutti lo seguirono istintivamente con lo sguardo, forse perché era stato lui a dare l'allarme, o forse perché era in pigiama e parlava una lingua straniera.

Zia Maria era appena scesa e guardava fuori dalla vetrina. Hans le annunciò:

« Hanno ripescato un cadavere... ».

« Ne tirano fuori dall'acqua tutti i mesi » replicò lei. « Sembra quasi che lo facciano apposta a venire a incagliarsi qui davanti... ».

Hans aveva un po' freddo con il pigiama bagnato; salì in camera a infilarsi una giacca, ma tenne i pantaloni del pigiama.

Scendendo, incontrò per la scala il cugino Joseph che, prima di lavarsela, aveva la faccia smunta come carta assorbente.

« Che succede? » domandò. « Hanno ripescato un altro annegato, per caso? ».

« Una ragazza! » precisò Hans.

« Ah! ».

« Credo che sia Sidonie... ».

Non c'era dubbio: cominciarono a tremargli le mani. E il pomo d'Adamo ebbe un vero e proprio sussulto lungo il collo magro.

« Chi l'ha detto? ».

« Nessuno... Lo dico io... A proposito, cugino... ».

« Che c'è? ».

« Niente! » fece Hans andandosene.

Era meglio così. E poi aveva già perso abbastanza tempo e voleva vedere il seguito.

Quando arrivò sull'argine c'era almeno una cinquantina di persone e, alle sue spalle, si vedeva gente sulla soglia delle case e alle finestre. Preceduto da un ragazzino scalzo, giunse anche un uomo trafelato, senza colletto né cravatta e l'aria di chi è stato buttato giù dal letto.

Era il dottore. Guardò i curiosi con disapprovazione, fece un gesto come per spazzarli via e si chinò a sollevare un angolo del telo.

Naturalmente non c'era bisogno di tastare il corpo: più morto di così... Ma si rivolse all'agente di polizia al quale comunicò a mezza voce:

« È Sidonie Pipì ... ».

L'aveva curata più volte e aveva anche cercato di mandarla in un sanatorio, dal momento che era tubercolotica. La madre, che non credeva né ai medici né alla malattia, si era opposta, tanto più che Sidonie, che lavorava come commessa in un negozio di scarpe, portava a casa un po' di soldi.

« Il commissario sta venendo? ».

Il medico guardò di nuovo con occhi torvi tutta quella gente che rimaneva lì a fissare un pezzo di tela cerata. C'era solo da aspettare. Il cielo non era più azzurro pallido come prima, ma rosa, con qualche traccia di celeste in lontananza. Di fronte cominciavano gli spari, che scuotevano l'aria a ogni colpo, e la sirena di una chiatta richiamò il guardiano della chiusa che tornò al suo posto a malincuore.

Hans era l'unico a trovare naturale il fatto di essere là in pantaloni del pigiama e a torso nudo sotto una giacca verdastra. Non si accorgeva di attirare gli sguardi e i commenti della gente. Aspettava Joseph, che alla fine attraversò la strada in compagnia della sorella Liesbeth.

Liesbeth guardò il monticello coperto dal telo e chiese:

« È questa? ».

Rabbrividì, si strinse lo scialle al petto e balbettò allontanandosi:

«Preferisco andarmene...».

Anche Joseph era oggetto di sguardi, benché il suo abbigliamento non avesse niente di stravagante o di sconveniente. Lo guardavano perché era un Krull e i Krull costituivano un clan a parte.

Lui non disse niente. Si era limitato a salutare il dottore e se ne stava accanto a Hans, passandosi ogni tanto un dito sopra il labbro superiore imperlato di sudore.

Finalmente il commissario arrivò, in bicicletta. Non ebbe nemmeno la curiosità di sollevare il telo, prese in disparte il dottore e andarono insieme su e giù per un po', discutendo a bassa voce e gesticolando. Dopodiché il commissario disse qualcosa a uno dei suoi uomini, che corse via.

A sua volta, dopo aver caricato e acceso la pipa, risalì l'argine in direzione dei cantieri navali Rideau, li oltrepassò e a quel punto fu evidente che stava andando da Pipì.

Quasi tutti lo seguirono, naturalmente a distanza. I primi tram cominciavano a circolare. Sirene e fischi annunciavano la ripresa del lavoro nelle fabbriche e nelle officine.

Hans, che camminava tra la folla, non si stupì di constatare che Joseph era ancora al suo fianco.

«Sarà ubriaca!» disse.

Quella di Pipì non era una vera chiatta, una di quelle da trenta e passa metri, ma una piccola imbarcazione olandese, sfasciata e adagiata per metà sul fondo fangoso del canale. Per salire a bordo bisognava attraversare una tavola fradicia che mise a dura prova il commissario.

Una volta sul ponte, si chinò a bussare sul boccaporto, aspettò e si chinò di nuovo per chiamare Pipì.

Alla fine si vide spuntare il viso della donna, che la mattina era gonfio, deforme, con due grandi occhi inespressivi. Nessuno sentì quello che le disse il commissario, lei scomparve per qualche secondo per poi riaffiorare, prima il busto, poi le gambe, e precipitarsi verso la tavola che serviva da passerella borbottando rivolta alla folla:

«Da non crederci!...».

Non era chiaro, però, a che cosa si riferisse: se a quella massa di sfaccendati che stava lì ad assistere a un simile spettacolo o al fatto di aver appreso della morte improvvisa della figlia.

Hans notò un piccolo particolare, un'inezia. Avanzando, con il fiato grosso, Pipì passò davanti a Joseph ed ebbe un attimo di esitazione, come se fosse sul punto di rivolgergli la parola. Ma poi proseguì con slancio per la sua strada, parlando da sola, mentre la gente, compreso il commissario, la seguiva a una certa distanza.

Hans scorse la zia e Anna sulla soglia dell'emporio, ma non vide lo zio né l'operaio né sua cugina Liesbeth, che doveva essere sconvolta.

«Avanti, fatemela vedere!...» urlava Pipì, che sembrava sfidare la folla e le autorità.

L'espressione sul suo viso quando scorse quello della figlia sotto il telo fu più di odio che di dolore.

«Da non crederci!...».

Storceva la bocca come se stesse per piangere, ma non piangeva. Eppure doveva fare qualcosa. Sentiva che era necessario. Non riuscendo a farsi venire in mente nulla, si girò di scatto verso il pubblico e mostrò il pugno strillando:

«E voi, non vi vergognate di stare a guardare, branco di fannulloni? Credete forse di essere a teatro?».

Il furgone dell'obitorio si fermò proprio davanti all'emporio dei Krull. Due uomini attraversarono il terrapieno con una barella e per un istante si scorse ancora il corpo livido sul quale danzava l'ombra delle foglie dei platani.

La madre, attonita, domandò al commissario:

«Dove la portano adesso, la mia povera bambina?».

Era sporca e puzzava di alcol. La gente si scostava al

suo passaggio, per timore sia delle pulci sia di una bordata di parole oscene.

«Accompagnala da me!» ordinò il commissario a un agente.

Lui preferiva andarsene in bicicletta. L'agente scortò Pipì rasente i muri, evidentemente diretto al commissariato, e alcuni si ostinarono a seguirli fin lì.

Il dottore si era appartato a parlare con un notabile della zona e Hans afferrò la parola: «autopsia».

Rientrò a casa, fece colazione soprappensiero, tutto solo in cucina. Quando salì per vestirsi, la porta di Liesbeth era aperta. Certo non per caso. Sua cugina, con il viso disfatto e lo sguardo supplice, faceva finta di lavorare a maglia.

«È spaventoso, Hans!» gemette.

Ed ecco che gli occhi le si riempivano di lacrime: si intuiva che erano lì lì per sgorgare, che premevano sotto le palpebre gonfie, così come le labbra si gonfiavano di singhiozzi.

«Hans!...».

Non era soltanto per Sidonie... Era per tutto... C'entravano anche i nervi... Possibile che lui non capisse quanto aveva bisogno di conforto, di essere stretta contro il suo petto e sentirsi dire qualcosa, qualsiasi cosa?

«Eh già, non era un bello spettacolo!» constatò lui.

La cugina in lacrime non lo commuoveva ed era deciso a sottrarsi al compito ingrato di consolarla.

Entrò in camera sua, richiuse la porta, si tolse la giacca e riempì d'acqua la bacinella.

Nella stanza accanto la cugina non si era ancora calmata. Lui immaginava i singhiozzi, la mano che portava il fazzoletto agli occhi, le smorfie e, forse, nonostante tutto, la sbirciatina allo specchio per vedersi piangere.

Poi lo svolazzo di una sottana nel corridoio, un silenzio sospeso, un fruscio, un raschiare contro la porta.

Con il pennello in mano Hans si insaponava le guance e gli occhi gli brillavano di malizia.

«Hans!...».

Era solo un sospiro. Gli altri, di sotto, non dovevano sentire.

«Sono così infelice, Hans!...».

Be', peggio per lei! Non aveva nessuna voglia di aprire la porta e fu quasi tentato di chiudere a chiave.

Sidonie era morta, ed era Liesbeth a sentirsi infelice!

Il giornale locale usciva solo al mattino, perciò bisognò aspettare l'indomani per avere notizie ufficiali.

Ma che stesse succedendo qualcosa di grave lo si capì molto prima. Innanzitutto, alle undici un'auto si fermò davanti all'emporio, così vicino che zia Maria sobbalzò, pensando che fossero venuti per lei.

Era la Procura: quattro uomini vestiti di scuro percorsero il terrapieno e raggiunsero l'argine dove li aspettava il commissario.

Già da un pezzo la vita del porto aveva ripreso il suo corso e, oltre agli spari del poligono, si udivano il martellio del cantiere navale e lo scroscio della chiusa ogni volta che si riempiva o si svuotava.

Ciononostante, in un batter d'occhio si formò un capannello, più titubante e timido di quello della mattina, per via della soggezione che incutevano i magistrati.

Con le mani affondate nelle tasche, Hans attraversò la strada e, voltandosi, vide il cugino in camera sua, chino sui quaderni, in maniche di camicia.

«Chi è stato il primo ad avvistare il corpo?» stava chiedendo il giudice istruttore.

E il commissario rispose:

«Il marinaio della *Belle Hélène.* L'ho autorizzato a proseguire. Non c'era motivo di trattenerlo visto che ho registrato la sua deposizione...».

«Sono stato io a vedere il corpo» affermò Hans facendosi avanti.

Il suo accento, il suo francese incerto fecero accigliare i presenti, che si guardarono con l'aria di chiedersi: «E questo da dove salta fuori?».

«Stavo prendendo una boccata d'aria... Abito di fronte, da mio zio Krull... Ho visto qualcosa vicino all'elica della chiatta...».

«Vuole sentirlo lei, commissario?».

«Lo convocherò tra poco».

Hans non si mosse. Non sapevano come sbarazzarsene.

«La ringrazio...» disse il giudice.

E lui, scostandosi appena un po', ascoltava.

«La madre cosa dice?».

«Lì per lì, a caldo, ha dato la colpa a Potut...».

«Chi è Potut?».

«L'uomo con il quale vive più o meno more uxorio... Se lo desidera, andiamo subito a ispezionare la chiatta... È infestata da pulci e parassiti... Metti piede sul ponte e sei già pieno...».

«E Potut?».

«Era una persona perbene, un uomo istruito... Credo che facesse il croupier... Adesso è ubriaco dalla mattina alla sera, come la sua amante... La mattina ciondola dalle parti del mercato ortofrutticolo e qualche volta dà una mano... Ma in realtà è lei che lo mantiene...».

«Dov'è questo Potut?».

«Non si sa, ma non ci metteremo molto a trovarlo. Di solito scompare per due o tre giorni a smaltire la sbornia da qualche parte... Stanotte non è rientrato... È vero anche che ci sono le giostre nel quartiere Sainte-Marguerite... Lì trova sempre qualcosa da racimolare...».

Il giudice rivolse un'occhiata severa a Hans che ascoltava in maniera sin troppo evidente, ma il giovane non sembrò farci caso e si limitò ad accendere una sigaretta.

«E la ragazza?».

«Lei capisce... In quella promiscuità... Pare che Potut ci abbia già provato una volta... Sulla chiatta c'è una sola stanza abitabile, per così dire...».

«È sicuro che sia stata strangolata?» chiese il sostituto procuratore.

«Strangolata e violentata... Probabilmente proprio

qui, dato che sono state rilevate tracce di erba... Bisognerà recuperare i vestiti, che saranno nel canale... ».

« Anche le scarpe? » domandò ancora il magistrato.

« No! Le hanno lasciato calze e scarpe ».

Ogni tanto lo sguardo di Hans coglieva, dall'altra parte della strada, il rettangolo di una finestra, un paio di maniche di camicia che spiccavano, bianchissime, nella penombra, una chioma tagliata a spazzola china sopra un grosso quaderno.

« Manderò qualcuno a scandagliare il canale con gli arpioni... ».

« Che ne è di Pipì? ».

« È fuori... Sarà in qualche bistrot a bere... Quando le ho riletto la sua deposizione in cui in buona sostanza accusava Potut, lei mi ha guardato sbalordita e ha negato tutto, giurando di non aver mai detto niente del genere, che Potut non sarebbe mai stato capace di fare del male a sua figlia... Vede com'è facile?... Tra poco, quando avrà bevuto, probabilmente darà ancora un'altra versione... ».

Il giudice prendeva appunti con un portamine d'oro su un taccuino, minuscolo e raffinato come un carnet di ballo.

« Andiamo comunque alla chiatta » decise.

Si voltò verso Hans, aggrottò la fronte e disse seccamente:

« Quanto a lei, la convocheremo al commissariato per sentirla, in caso... ».

Questo non impedì a Hans di seguire, con alcuni altri, il gruppetto di uomini che risalì il canale per poi fermarsi perplesso davanti alla passerella traballante della chiatta.

« Non sarebbe possibile procurarsi un'altra asse? » suggerì il sostituto procuratore.

Il commissario si diede da fare, andò a parlamentare con Rideau, il carpentiere dei cantieri navali. Nessuno di loro aveva fretta, si guardavano intorno fumando una sigaretta.

« La cosa strana » osservò il giudice mozzando con i denti la punta di un sigaro « è che secondo il medico legale ieri sera questa Sidonie era ancora vergine... ».

A quella parola un sorriso equivoco gli aleggiò sulle labbra.

« Davvero strano! » ripeté accendendo un fiammifero. « Non le pare? ».

« A me sembra strano che, se il fatto è avvenuto qui sull'argine, nessuno abbia sentito nulla. C'erano delle chiatte nelle vicinanze, ci sono le case... ».

« Se l'hanno subito stretta alla gola... ».

« Secondo lei conosceva il suo aggressore? ».

« È probabile! Magari stava passeggiando con lui... ».

Accanto a Hans, un giovane con grandi orecchie a sventola ascoltava attentamente e, meno di cinque metri più in là, due bambini si rotolavano sull'erba come cuccioli. Vedendo su un'imbarcazione una donna che lavava i panni, a Hans vennero in mente l'Amido Remy e la Liscivia Reckitt.

Per scendere nel boccaporto, i signori della Procura si arrotolarono i pantaloni e, procedendo con cautela, lanciavano gridolini come signorine timorose di sporcarsi.

Nello stesso momento Pipì entrava dai Krull, con le pupille dilatate, cosa che in genere le succedeva solo verso sera. Guardò duramente zia Maria, la sua nemica giurata, e lanciò a mo' di saluto:

« Vecchia bagascia!... ».

Andò direttamente a piazzarsi all'estremità del bancone brontolando:

« Allora, ti decidi a versarmi da bere? ».

Con un sospiro, la zia afferrò una bottiglia di rum chiusa da un tappo di stagno con una specie di beccuccio che si apriva inclinando la bottiglia:

« Povera Pipì... ».

« Non ho nessun bisogno di essere compatita... ».

« Avete visto come va a finire... ».

Con ogni probabilità Maria Krull aveva bisogno di Pipì quanto Pipì aveva bisogno di lei. Oltre a bere, dai Krull Pipì aveva tutto l'agio di sfogare la sua rabbia, di riversare la sua acredine e il suo rancore.

Zia Maria, dal canto suo, aveva la possibilità di sospirare dall'alto della sua virtù di fronte a quel perfetto esemplare di relitto umano.

«Dovreste vergognarvi di bere in un giorno come questo...».

E Pipì, già ubriaca, rispose:

«E quando dovrei bere, allora? Se avessero violentato e ucciso tua figlia...».

E all'improvviso scoppiò in lacrime.

3

Passarono almeno dieci giorni tra il momento in cui Sidonie morì e fu gettata, nuda, nel canale, e quello in cui cominciò a essere considerata non più come una ragazzetta povera e mingherlina ma come uno degli elementi di un dramma più grande di lei; in quei dieci giorni, in sostanza, non ci fu nessuna Sidonie, né quella morta, in carne e ossa, né l'altra, non ancora nata.

Non lo facevano apposta. Non c'era nessun preconcetto nei suoi confronti. Si erano scomodati il commissario e la Procura, e una piccola folla aveva seguito i loro spostamenti lungo il canale.

L'indomani mattina, in completa buona fede, sulla pagina della cronaca locale, che aveva sempre qualche imperfezione di stampa, si leggeva:

« Quartiere Saint-Léonard. Dei battellieri hanno ripescato nel canale, in prossimità della chiusa, il corpo di una certa Sidonie S., commessa, che pare essere rimasto tutta la notte in acqua. In base all'autopsia, prima di essere gettata nel canale, la ragazza sarebbe stata strangolata e avrebbe subito infami violenze. È in corso un'inchiesta».

Molto più sotto, un trafiletto senza titolo:

«La polizia ha arrestato un tale Potut, sospettato di essere l'autore della spregevole aggressione di Saint-Léonard. L'uomo, in stato di ebbrezza, non ha potuto essere interrogato con profitto».

Va anche detto che i giorni seguenti furono particolarmente caldi. Come ogni estate, l'acqua del canale cominciò a puzzare. Bisognava mettere ovunque della carta moschicida che nel giro di pochi minuti si ricopriva di uno spesso strato nero e ronzante.

Nelle scuole si svolse la consueta cerimonia della premiazione di fine anno. E una ridicola giostrina per bambini trainata da un cavallino andò a piazzarsi accanto al cantiere Rideau, forse non sapendo dove sistemarsi per le vacanze estive; ogni tanto il gestore la faceva partire e la sua musichetta stridula si sentiva fino alla chiusa.

Se avessero domandato a Maria Krull, che pure aveva sempre qualche presentimento, probabilmente avrebbe dichiarato che non ci sarebbe mai stato nessun caso Sidonie.

Tant'è vero che il giorno stesso del rinvenimento del corpo lei fu subito presa da altre preoccupazioni. La vetrina le arrivava giusto all'altezza degli occhi, cosicché, anche senza alzarsi sulla punta dei piedi, le bastava stare ritta per vedere quello che succedeva fuori.

Dal canto loro, i passanti che si fermavano a guardare la vetrina a volte trasalivano vedendo spuntare all'improvviso nella placida penombra dell'emporio quel mezzo viso, quegli occhi, la fronte, i capelli argentati. Alcuni si allontanavano imbarazzati, o infastiditi, come se li avessero colti in fallo.

Quel giorno zia Maria fissava un punto più lontano, verso l'argine del canale, dove c'era una grande agitazione e dei curiosi seguivano le manovre compiute da alcuni uomini su due barche.

Erano gli agenti incaricati di scandagliare il canale con gli arpioni alla ricerca dei vestiti di Sidonie.

Ma quello su cui si appuntava lo sguardo di Maria Krull, quello che la innervosiva, era Hans, che andava da un capannello all'altro continuando a sproloquiare. Lo si notava perché oltretutto era vestito di grigio chiaro, non portava il cappello, aveva il colletto della camicia aperto e si muoveva in un modo sempre troppo sciolto, troppo disinvolto.

Poiché il suo francese era ancora rudimentale e il suo accento spaventoso, per farsi capire era costretto a gesticolare, e Maria si spazientiva.

« Qualcuno dovrebbe proprio dirglielo » borbottò rivolta ad Anna aprendo la porta della cucina.

Né Anna né Liesbeth erano autorizzate a mettere piede nell'emporio: non stava bene che delle ragazze servissero da bere.

Quello era il territorio della zia, lei non si faceva spaventare dagli ubriaconi più molesti e, se necessario, li buttava fuori con la determinazione di un uomo. Il regno di Anna era la cucina, ma sua madre, tra un cliente e l'altro, andava ad aprire la porta schermata da una tendina di pizzo.

Quel giorno lo fece più spesso del solito, imbastendo a spizzichi e bocconi una vera e propria conversazione che, una frase dopo l'altra, un sospiro dopo l'altro, occupò quasi l'intera giornata.

« Già la gente non ci vede di buon occhio perché siamo stranieri!... Se almeno non si impicciasse di tutto quello che succede... ».

Era il giorno dedicato alla pulizia di posate e coltelli, che Anna lustrava con una pasta rosa da cui emanava un sentore acre.

La zia andava e veniva, passando dall'odore dell'emporio a quello della pasta e della minestra, sempre calma ma con la fronte corrucciata e le mani premute sul ventre.

«Bisognerebbe dirgli di non parlare con i vicini... In città, pazienza... Veda pure chi gli pare... Ma qui, nel quartiere... Scommetto che va in giro a dire a tutti che è tedesco...».

E piegava la testa verso destra: il fatto di essere tedesca la faceva soffrire da così tanti anni che ormai aveva perso il conto.

Il campanello trillò. Quando fu di là non smise di sospirare, perché quasi tutte le sue clienti amavano sciorinare le proprie disgrazie e zia Maria si lamentava con loro.

«Dovrebbe dargli un po' d'acqua zuccherata ogni ora» raccomandava alla moglie di un marinaio che teneva in braccio un neonato letteralmente verdastro. «Io, quando ho avuto il mio terzo...».

Spuntarono la fronte, i capelli bianchi, gli occhi e quando la zia aprì di nuovo la porta della cucina esclamò:

«Gesummaria! Sai che cosa sta facendo adesso? È su una barca insieme a quegli uomini e li aiuta a scandagliare il canale...».

«Non mi piace!» aveva sentenziato Anna una volta per tutte.

E lo aveva detto con uno sguardo duro, carico di rancore, di pensieri segreti.

Joseph se ne stava di sopra a lavorare alla sua tesi. Negli ultimi tempi sgobbava anche troppo e quando scendeva per i pasti aveva un colorito terreo e gli occhi così affaticati che continuava a sbattere le palpebre come un uccellino abbagliato.

«Dovresti uscire a prendere una boccata d'aria...».

«Avrò tutto il tempo di farlo dopo aver discusso la tesi...».

Somigliava a sua madre, sempre dolente, sempre dignitoso, rassegnato, come se dicesse, alla maniera di Giobbe:

«Il Signore mi perseguita; sia benedetto il Suo Santo Nome!».

Quella sera, quando scese per cena, dal silenzio della madre, più ermetico del solito, dagli sguardi della sorella Anna e dal brio un po' forzato del cugino Hans, capì che era successo qualcosa.

Hans stava appunto dicendo:

«Finalmente hanno ripescato i vestiti. Sono stati letteralmente ridotti a brandelli...».

Sua zia tossicchiò, indicando Liesbeth con lo sguardo, ma Hans non colse subito il messaggio. Quando capì, smorzò il sorriso in una smorfia.

Cosicché non parlarono di Sidonie. Insomma, non parlarono di niente se non del caldo che, se continuava così, rischiava di impedire il passaggio nel canale, com'era successo due anni prima, quando per un mese il livello dell'acqua era stato troppo basso.

Allorché si alzarono da tavola, nell'atteggiamento della zia c'era un che di indefinito, intelligibile soltanto ai Krull, qualcosa che diceva:

«Non allontanatevi... Lasciate andare via Hans... Dobbiamo parlare...».

Hans, che era dotato di antenne, assunse un'aria ancora più allegra, e tuttavia decise di uscire annunciando:

«Faccio un salto in centro e torno...».

Incapace di stare con le mani in mano, Maria Krull si mise a pelare patate. Non accesero le luci. D'estate si godevano la penombra finché non si vedeva più niente. Quando non si piazzavano sulla soglia, lasciavano aperta la porta dell'emporio e quella della cucina, e nel riquadro appariva una porzione di canale con gli alberi verde cupo.

«Ascolta, Joseph... Forse è il caso che tu gli parli... No! Resta qui un attimo...».

Joseph, infatti, si accingeva a salire in camera per tornare a sprofondarsi nei suoi quaderni.

«Prima è passato in negozio... Non sembrava per niente imbarazzato... Mi ha chiesto se avevo qualche spicciolo...».

Nella sua poltroncina, il vecchio Krull, avvolto dal crepuscolo e dal fumo sottile della pipa, teneva lo sguardo basso, cosicché non si capiva se aveva gli occhi aperti o chiusi.

«Credevo che fosse per non salire a prendere il portafogli... Gli ho chiesto di quanto avesse bisogno... E lui mi ha detto di dargli cento franchi...».

Liesbeth si alzò senza un motivo; non era l'ora di suonare il piano: chissà dove andava a rintanarsi.

«Allora» continuò la signora Krull mentre le patate, cadendo nel secchio, scandivano il suo monologo «mi ha raccontato che non aveva potuto portarsi dietro i soldi dalla Germania perché alla dogana sono molto fiscali e avrebbe rischiato di finire in prigione o in un campo di concentramento... Che ne pensi, Joseph?».

«Non lo so...».

Era rimasto in piedi, e alto com'era dava l'impressione di non passare dalla porta.

«Ti ha detto per quanto tempo pensa di fermarsi da noi?».

«Non me ne ha parlato».

«Dovresti chiederglielo con discrezione... Ha una tale faccia tosta! Non pare anche a te che sia uno scroccone?».

La parola «scroccone», in bocca alla signora Krull, assumeva un significato particolare che includeva il concetto di indecenza, di maleducazione e di disonestà.

«Siamo già così malvisti!...».

«Esageri, mamma!» disse Joseph senza convinzione.

«Hai mai visto un vicino entrare in negozio da noi? Preferiscono fare cinquecento metri in più e andare a servirsi da qualcun altro...».

Era una sua caratteristica. Non piangeva. Non piangeva mai. Spesso, però, la sera, quando si abbandonava ai suoi pensieri, assumeva un tono lamentoso, monocorde, e poiché non le si vedevano gli occhi si poteva credere che fossero umidi.

«Dovresti parlargli, Joseph! Davvero...».

«No, mamma. Devi farlo tu...».

E Anna bofonchiava:

«Si direbbe che abbiate paura di lui!».

Sul giornale non si fece più parola di Sidonie. E anche nel quartiere non se ne parlava più: tanto per cominciare, Potut era stato arrestato e quindi non c'era più nessun mistero; e poi tutti avevano figli e davanti a loro è preferibile evitare di affrontare certi argomenti.

Persino il commissario di polizia non credeva all'esistenza di un caso Sidonie!

Gli avevano portato Potut, che era stato trovato ubriaco fradicio nella sala d'attesa della stazione dove spesso e volentieri passava la notte.

Aveva aspettato il giorno dopo per farsi condurre l'uomo in ufficio e domandargli a bruciapelo:

«Che cos'hai fatto l'altro ieri?».

L'ex croupier era un curioso miscuglio di ottusità e sottigliezza, o meglio, anche se per lo più sembrava un idiota, e se ne stava là a dondolarsi da una gamba all'altra, capitava di cogliere all'improvviso certi sguardi così acuti, così penetranti che ci si sentiva in imbarazzo.

«Non vuoi dirmi che cosa hai fatto?».

Allora gli misero sotto il naso la fotografia del cadavere di Sidonie scattata all'obitorio, e non era certo un bello spettacolo.

«Chi è?».

L'amante di Pipì aveva bisogno degli occhiali per vedere da vicino. Ne aveva un paio in tasca, con le lenti sudicie, gettati alla rinfusa tra mozziconi di sigaretta, foglietti di carta, pezzi di spago, di tutto un po'.

Quando riconobbe Sidonie si limitò a dire:

«Per la miseria...».

Poi ripeté quattro o cinque volte:

«Per la miseria... Be', per la miseria...».

«Non ti vergogni, vecchio porco? E come se non bastasse, dovevi anche strangolarla?».

Il commissario fumava la pipa. Non aveva fretta. Di tanto in tanto si girava a strizzare l'occhio al suo segretario.

«Che giorno era?» chiese nel frattempo Potut.

«Domenica... Non fare il finto tonto...».

«E se le dicessi dov'ero domenica sera?».

«Perbacco! Non mi dire che hai un alibi...».

«Ero con il marsigliese!».

«Quale marsigliese?».

«Un tizio che non conosco... L'avevo visto un paio di volte nel quartiere delle Abbesses... È uno istruito, con cui si può chiacchierare...».

Un po' per volta, Potut raccontò tutta la storia. La domenica sera lui e il marsigliese si erano incontrati su una panchina. Il marsigliese, un miserabile barbone, stava sbocconcellando un pezzo di pane che gli avevano dato gli occupanti di una roulotte.

«Non hai sete?» gli aveva chiesto Potut.

«Perché, tu hai dei soldi?» aveva risposto l'altro.

«Se la vecchia non è in casa, forse recupero qualche spicciolo sotto il paglericcio...».

C'erano le giostre. Si erano trascinati, arrancando, fino al canale e Potut aveva lasciato il suo nuovo amico indietro ad aspettare. Poi, con accorgimenti infantili, si era avvicinato alla chiatta dove Pipì già dormiva ed era riuscito, grazie al sonno pesante di lei, a prendere i trentasei franchi rimasti sotto il materasso.

«Tre monete da dieci franchi, una da cinque e una da un franco!» precisò.

Dopodiché erano andati a bere un po' qui un po' là. Avevano ciondolato lungo i marciapiedi, con le gambe molli e il passo strascicato. Poi Potut era finito alla stazione e non si ricordava più nulla.

«Vediamo se ritroviamo il tuo marsigliese. Mi meraviglierebbe molto...».

«Posso addirittura dirle di che cosa abbiamo parlato!».

«Non mi interessa... Per il momento ti sbattiamo in prigione...».

Pipì fu arrestata due volte in ventiquattr'ore. Beveva più che mai e quando era ubriaca se la prendeva con gli agenti, li insultava, rimproverandoli di aver lasciato che sua figlia venisse violentata.

Di notte faceva caldo quasi quanto di giorno e nel quartiere tutte le finestre restavano aperte, cosicché camminando per la strada si aveva l'impressione di sentire la gente rigirarsi nel letto, sudata, insofferente, tormentata dalle zanzare.

Il martedì mattina, dopo aver gironzolato per casa, tutt'a un tratto Hans andò a sedersi a cavalcioni di una sedia di fronte alla cugina Anna.

Liesbeth era uscita per andare a lezione di piano. Negli ultimi due giorni Hans non era riuscito a trovarsi a tu per tu con lei: quando era in camera sua, si chiudeva a chiave.

Talvolta Hans apriva la porta della camera del cugino, ma lo trovava sempre immerso in un lavoro accanito. Joseph alzava gli occhi, seccato, poi riprendeva la penna evitando con cura qualsiasi conversazione.

«Bisognerebbe dirgli di non disturbare in continuazione Joseph!» aveva sospirato zia Maria in una delle sue apparizioni in cucina.

«Bisognerebbe dirgli...».

Era diventato un tormentone. C'erano un sacco di cose da dire a Hans, ma nessuno gliele diceva e ci si limitava a parlarne alle sue spalle.

Era irritante sentirlo gironzolare per casa, sfaccendato: ficcava il naso dappertutto, si sedeva qui o là, canticchiava canzoncine tedesche, quando addirittura non entrava nell'emporio, anche se c'erano delle clienti.

«Eppure cerco di farglielo capire...» diceva la zia.

Lui, però, non capiva, o non voleva capire, e continuava a mostrarsi pieno di vita.

«Allora, cugina Anna, sempre malinconica?».

Quella mattina era intenta a lustrare la stufa, con i capelli raccolti in un fazzoletto, il viso chiazzato e l'umore più aggressivo del solito.

«Io non sono affatto malinconica!».

«Non mi direte che siete allegra!».

«La trovate allegra, voi, la vita?».

«Perbacco!».

«Si vede che non vivete in questa casa da quando siete nato!».

«Appunto! Non ho mai conosciuto una casa più gradevole di questa!».

Lei gli lanciò una breve occhiata, credendo che la stesse prendendo in giro.

E invece no! Oppure nascondeva a meraviglia il suo gioco.

«È così accogliente... Qui tutto è accogliente... E confortevole!... E così tranquillo!...».

La signora Krull entrò, sospirò alla vista di Hans, aprì la bocca ma la richiuse senza aver proferito parola.

L'unico disposto a ridere delle spiritosaggini di Hans e ad ascoltare le storie che il tedesco gli raccontava tormentando dei fili di vimini era l'operaio, nel laboratorio.

Niente Sidonie... Nessun caso Sidonie... In casa Krull, in compenso, c'era un caso Hans...

«Se mi chiede ancora dei soldi...».

«Mi auguro che non dovremo mantenerlo!».

«Qualcuno dovrebbe dirgli...».

Ma nessuno lo faceva! E la cosa più esasperante era che lui sembrava saperlo, e intuire tutti quei piccoli misteri che lo circondavano.

Il naso di Liesbeth non era mai stato così affilato. Quasi non toccava cibo. Se qualcuno glielo faceva notare, lei sosteneva che era per il caldo e Hans la guardava con un luccichio malizioso negli occhi.

Finché, il mercoledì sera... Tutti si preparavano ad andare a letto e il vecchio Krull, con un gesto ieratico, disegnò, con il pollice, una piccola croce sulla fronte di ciascuno.

Salendo le scale Hans sussurrò alla cugina:

« Tra poco, in camera mia... ».

Lasciò la finestra aperta e si appoggiò al davanzale a fumare una sigaretta, mentre gli altri si spogliavano ciascuno nella propria stanza.

Joseph non dormiva, non si era coricato; sporgendosi, Hans poteva vedere un alone luminoso all'altezza della sua finestra. La banchina era deserta e l'immobilità delle chiatte nell'acqua scura, che pareva eterna, era quasi drammatica.

Hans si voltò all'improvviso. Non aveva sentito la porta aprirsi e richiudersi, non aveva avvertito nessun rumore di passi, ma non si stupì più di tanto vedendo la sagoma di Liesbeth ritta dietro di lui.

Nell'oscurità della stanza, i grandi occhi spiccavano febbricitanti sul volto pallido. Lo guardava e, per un istante, lui ebbe l'impressione di trovarsi di fronte una sonnambula.

« Venite a sedervi, Liesbeth » sussurrò tirandola verso la sponda del letto.

Lei restava rigida, ma non oppose resistenza.

« Sono proprio contento che siate venuta... Avevo paura che foste arrabbiata con me... ».

Era il momento più arduo. Bisognava scaldare il corpo di ghiaccio della cugina, scacciare dalla sua testolina i pensieri che aveva accumulato nel corso di tutti quei giorni.

« Avvicinatevi... ».

« Ascoltate, Hans, sono venuta per parlarvi seriamente... ».

« Sst! ».

Intanto potevano sentirli, e poi non aveva nessuna voglia di fare discorsi seri.

«Non so che cosa avete in mente, ma se adesso mi abbandonate...».

Successero due cose contemporaneamente, su piani diversi, e Hans riuscì a prestare attenzione a entrambe.

Liesbeth si aggrappò a lui con una forza incredibile e scoppiò in singhiozzi così violenti da far temere che li avrebbero sentiti in tutta la casa.

Ma questo non lo preoccupava. Anzi, era meglio. Doveva solo lasciarla piangere, stringendosela al petto e accarezzandola teneramente.

Nello stesso momento, al piano di sotto, si produsse il caratteristico scricchiolio di una porta che viene aperta con cautela. Ora Hans sapeva che cosa significava: Joseph, dalla sua stanza, aveva sentito un rumore. Probabilmente stava già venendo su per le scale in silenzio, al buio. Qualche istante e avrebbe accostato l'orecchio alla porta o l'occhio alla serratura.

«Siete una cara bambina, povera piccola Liesbeth... Vi voglio tanto bene...».

Le parlava piano, all'orecchio, consapevole che lei, anche tra le lacrime, ascoltava tutto quello che le diceva e attendeva il seguito.

«... tanto tanto... Ma dovete fare la brava... Non dovete piangere così... Bisogna...».

Era ancora troppo presto. Si limitò ad accarezzarle la fronte e le guance, per poi accostare la guancia a quella di lei.

Pochi istanti dopo, un'altra crisi, un gesto veemente con il quale Liesbeth si afferrò a lui, più forte di prima, dicendo:

«Se ve ne andate senza di me mi uccido... Non posso più vivere in questa casa...».

«Allora ce ne andremo insieme...».

Non prendeva mai niente sul tragico. Era come se cullasse un bambino con la febbre, il che non impediva alle sue mani di accarezzare il corpo della cugina.

«Quando?».

«Un giorno... Presto...».

Joseph era là, dall'altra parte della porta! Hans non smetteva di pensarci. E si diceva:

« Speriamo che resti! ».

Perché ci voleva ancora un po' di tempo, mezz'ora, forse un'ora.

La stanza era al buio e il cielo sembrava entrare dalla finestra spalancata; in lontananza, si sentiva il gracidio delle rane e un treno che sbuffava in una stazione senza decidersi a partire.

« Sst!... Basta parlare, cuginetta... ».

Ci pensava lui a parlare, a mormorare, a sussurrarle paroline dolci all'orecchio. Gli ci volle un po' più di mezz'ora, ma meno di un'ora.

Liesbeth si irrigidì, perché aveva ancora paura. Le si strinsero le narici.

« Sst, mia piccola Liesbeth... Insieme, così... ».

Riusciva quasi a sentire il respiro di Joseph sul pianerottolo e sentì distintamente la zia che si rigirava nel letto, sospirando, in cerca di una posizione comoda per il suo corpaccione.

« Prometti di non piangere più, Liesbeth? Mai più? ».

Lei non rispondeva. Lo guardava con adorazione e angoscia insieme. Ogni tanto il labbro inferiore tornava a gonfiarsi e, se fosse scoppiata a piangere, non avrebbe saputo dire se era per lo sconforto o per la gioia.

Hans le sorrideva, di un sorriso indecifrabile. Quel sorriso la sconcertava, le metteva di nuovo ansia, così lui le spiegò in tono leggero:

« Penso a tua sorella Anna che fa quello che facciamo noi... Non sarebbe buffa, Anna, in questa posizione?... ».

Cercò anche lei di sorridere. Le si velarono gli occhi. Non sapeva più niente. Era confusa. Si vergognava del suo pube nudo, reso livido dai riflessi della notte. Tese le braccia per aggrapparsi di nuovo a Hans e sembrò che sprofondasse in un abisso di gioia dolorosa e di disperazione.

« Bisognerà vedere com'è, una volta o l'altra! ».

« Che cosa? ».

«Con tua sorella!... Zitta!... Se piangi...».

In quei momenti lo sguardo di Hans si faceva talmente tenero e supplice, così traboccante di allegria e gioventù, che Liesbeth ansimò ancora un paio di volte, poi si calmò e, con un pallido sorriso, riprese a respirare normalmente.

Nessuno si preoccupò minimamente di sapere dove e quando Sidonie era stata sepolta. Nemmeno sua madre!

Bambini vestiti a festa, scortati dai genitori ancora più ingessati di loro, sfilarono con i premi in mano. Liesbeth ricominciò a suonare il piano dalla mattina alla sera e ritrovò l'appetito. Quanto a Joseph, prese l'abitudine di chiudersi a chiave nella sua stanza a lavorare e nessuno lo vide più rivolgere la parola al cugino.

«Credi che non si accorga che gli tieni il muso?».

«Chi se ne importa!».

«Che cos'hai da rimproverargli?».

«Niente!».

«È pur sempre il nipote di tuo padre...».

Anna era sempre più diffidente e osservava la sorella con un po' troppa attenzione.

Potut rimase in prigione fino a sabato mattina senza neppure essere interrogato.

Di tanto in tanto il commissario di polizia del quartiere Saint-Léonard riceveva una telefonata del giudice istruttore, in procinto di andare in ferie.

«Non l'avete ancora scovato?».

Finalmente, il sabato mattina, al mercato, videro il marsigliese seduto tranquillamente su una panchina a mangiare una salsiccia calda. Lo portarono al commissariato e gli chiesero che cosa avesse fatto nell'ultima settimana. Con la massima placidità annunciò di essere andato in campagna.

Andava e veniva, senza un motivo. Non capiva che

cosa volesse da lui la polizia, dato che non aveva fatto niente di male.

«E Potut?».

«Potut, cosa?».

Pensavano di essere a cavallo. Avevano sotto mano un comodo colpevole. Invece, nonostante i trucchetti del commissario, il marsigliese confermò tutto quello che aveva detto il croupier.

«... Le diranno la stessa cosa anche da Léonie, dove ho rotto un bicchiere e ci hanno sbattuto fuori...».

Era un piccolo bar dietro la cattedrale. Anche Léonie confermò le affermazioni del marsigliese, e alle undici non rimase altro da fare che accompagnare Potut nell'ufficio del giudice.

«Firmi qui!».

«Che cos'è? Ho lasciato gli occhiali di là...».

«Le sue dichiarazioni...».

«Che altro mi farete?».

«Lei è libero!».

Era finita! Si ritrovò fuori, in pieno sole, e all'improvviso si sentì smarrito. Non gli dissero niente del marsigliese e, poiché quest'ultimo era stato rilasciato un'ora prima, i due uomini non ebbero la ventura di incontrarsi.

Faceva sempre più caldo. Potut parlava da solo camminando rasente le case e sgranò gli occhi quando una anziana donna di buon cuore, passando, gli cacciò in mano due monetine.

Dal momento che di Sidonie non si parlava più, era inutile informare la redazione del giornale che avevano dovuto rilasciare l'unico sospetto, cosicché la gente del quartiere Saint-Léonard, ai margini della città, si meravigliò di vedere Potut gironzolare dalle parti della chiusa come in passato.

Alcuni sostennero che c'era stata una scenata tra lui e Pipì, che i due amanti si erano accapigliati coprendosi d'ingiurie.

L'unico che avrebbe potuto dire come stavano le cose era Hans, che non aveva mai smesso di aggirarsi intorno alla chiatta, e quel sabato, mentre si trovava alle giostre, forse senza volerlo, forse per malizia, fece scoppiare il caso Sidonie.

Il lunedì avrebbero smontato le giostre, e per quella penultima sera era previsto uno spettacolo di fuochi d'artificio. Hans non aveva chiesto soldi alla zia ma a Liesbeth, e lei gli aveva dato gli ottanta franchi che aveva nella borsetta.

«Stanotte...» le aveva promesso.

Lei sarebbe venuta! Lo avrebbe aspettato fino a tardi! E, per una mezz'ora, un quarto d'ora di tenerezze, di immobilità, di sussurri fra le sue braccia, avrebbe poi ceduto a tutte le sue fantasie.

Non osava più nemmeno protestare quando lui le diceva arricciando le labbra in una smorfia poco rassicurante:

«Vedrai!... Un giorno o l'altro faremo in modo che anche Anna...».

Quando era sola, Liesbeth riusciva a malapena a toccare il proprio corpo e davanti agli altri provava quasi vergogna. Ma la sera, per quel quarto d'ora, per quella mezz'ora, con la finestra spalancata sulla notte...

Con gli ottanta franchi in tasca, Hans si intrufolava in mezzo alla folla che si accalcava attorno ai baracconi. A un certo punto scorse una curiosa donnina, una specie di mostro, una ragazzina di quindici anni già sviluppata come una donna, fornita di un sedere basso e prominente e di un seno provocante.

Non sapeva come si chiamasse ma riconobbe la compagna di Sidonie del sabato precedente. Al posto dell'amica morta, con lei c'era una ragazzina più giovane e gracile, e tutte e due ridevano dandosi un tono davanti agli uomini.

«Buonasera, signorine» salutò Hans, tra il cerimonioso e l'ironico.

«Signore?».

Ci prendevano gusto. Credevano davvero che volesse

corteggiarle e la più piccola pizzicò il braccio della compagna.

«Posso avere l'onore di offrirvi da bere?».

«Non so se...».

E fremevano di gioia per essere state abbordate come delle vere donne.

4

«Se non le dispiace, preferirei andare da Victor...».

Dopo essersi fatti largo tra la folla, avevano raggiunto i tavolini all'aperto di un caffè qualunque, a un angolo della strada. Hans stava per sedersi, ma la ninfetta aveva indicato un po' più in là, in una viuzza stretta e dissestata, un globo luminoso sotto il quale si scorgeva la sagoma immobile di un agente.

Victor era una balera, e lei, credendo che Hans tentennasse, si affrettò ad aggiungere:

«Non è mica più caro di altri posti!».

Aveva una sicurezza, una sfacciataggine incredibili. Come Sidonie, recitava una parte, o meglio, sognava a occhi aperti, anche se diverso era il suo personaggio così come il suo sogno.

Sidonie si vedeva coperta di pizzi e sete, o addirittura di un mantello di ermellino, con la carnagione diafana, lo sguardo nostalgico e perso, e quando, alle giostre, gli uomini si voltavano al suo passaggio, non faceva fatica a immaginarseli come altrettanti gentiluomini in marsina.

L'altra, tracagnotta, con i seni prorompenti e le natiche che invogliavano alle sculacciate, aveva collocato il suo ideale qualche gradino più in basso nella gerarchia della seduzione.

Si atteggiava a brava ragazza del popolo scafata e cinica, capace di intenerirsi ma a cui non la si fa.

La luce violetta della balera alterava i lineamenti delle donne. Sembrava che avessero tutte occhi cerchiati, guance bluastre, labbra livide, e la compagna di Hans non sfuggiva alla metamorfosi.

« Salve, Victor! » gorgheggiò passando davanti al bancone.

L'uomo, che quasi non si era accorto di lei, le elargì poi, come un'elemosina:

« Buonasera, Germaine... ».

L'altra, la piccoletta, si addentrava con maggiore timidezza in quell'ambiente rutilante di note di fisarmonica, e ogni tanto gettava verso Hans uno sguardo dal basso in alto.

« Ci sediamo qui? ».

« Come desidera, signorina Germaine... ».

« Come fa a sapere come mi chiamo? ».

Non ci voleva un mago, l'aveva appena sentito! E lei lo sapeva benissimo, ma gongolava lo stesso.

« Che cosa prendete? ».

« Una gazzosa alla menta ... Con molta menta... E tu, Ninie? ».

« Anch'io! ».

Ninie era impressionata. Come capita ai bambini, non riusciva a staccare gli occhi di dosso a Hans e, con la bocca socchiusa, finì per assumere un'espressione imbambolata.

« Lei è straniero, vero? » chiedeva tutta smancerosa Germaine incipriandosi il naso, cosa perfettamente inutile con quella luce.

E lui, diretto o cinico:

« Tedesco... ».

Ninie ebbe un lieve sussulto e le pupille le si dilatarono ancora di più. L'altra, la tombolotta, sentenziò come una che la sa lunga:

«Ah!... Come i Krull!...».

Le coppie ballavano, con volti inespressivi, lanciando sbirciatine agli specchi sui muri. Ninie, seduta sul divanetto, non toccava terra con i piedi mentre succhiava la cannuccia che le avevano portato. Non è escluso che Hans le facesse un po' paura...

Non assomigliava a nessuna delle persone di sua conoscenza. A nessuna! Prima di tutto, pur non essendo un vagabondo, andava in giro senza cappello, con la camicia aperta, e per di più non del tipo che gli uomini portano in campagna o al mare.

Le sue scarpe squadrate sembravano quasi delle pantofole, così morbide che non lo sentivi camminare.

Non era uno studente, tantomeno un operaio, né uno di quegli sbruffoncelli che portano apposta il berretto di traverso.

«Balliamo?» propose Germaine non trovando nient'altro da dire.

Hans era alto il doppio di lei e doveva chinarsi. Sembrava che dovesse sollevarla da terra da un momento all'altro, ciononostante non era né ridicolo né impacciato. Ninie continuava a seguire con lo sguardo le evoluzioni della coppia attraverso la sala.

«Lei balla bene, ma non come si balla da noi» osservò Germaine riprendendo il suo posto.

«Viene spesso qui?» .

«La domenica pomeriggio... Qualche volta anche la domenica sera...».

Li guardavano tutti. Avevano riconosciuto Hans e nei loro sguardi c'era una nota di disprezzo per via delle due ragazzine. Lui però non ci faceva minimamente caso.

«Ci veniva con Sidonie?».

Lei si mostrò sorpresa, tradendo una leggera diffidenza.

«Conosceva Sidonie?».

«Ho sentito parlare di lei...».

«Da chi?».

«Da amici ...».

«Quali amici? Io conoscevo tutti gli amici di Sidonie... Eravamo praticamente inseparabili...».

Sapeva già sospirare con aria solenne per sottolineare il suo dolore, picchiettandosi gli angoli degli occhi con il fazzoletto, e intanto diceva, con il tono dei bambini precoci che imitano i grandi:

«È terribile!...».

«Aveva molti spasimanti?».

La piccola Ninie toccò il braccio all'amica e questa, senza badare all'inverosimiglianza della cosa – dal momento che Hans era tedesco –, replicò:

«Dica un po', non sarà mica della polizia?».

Dai valzer si passò alle giave, e le stesse figure, gli stessi volti di cera continuavano a girare in tondo in quella luce irreale.

«Giuro che non sono della polizia. Ma ero vicino al canale quando hanno ripescato il corpo...».

Germaine rabbrividì. Ninie si guardò intorno per assicurarsi che non correva alcun pericolo e poi, per rincuorarsi ulteriormente, mandò giù una gran sorsata di gazzosa.

«Pensavo che forse, domenica scorsa, qualcuno potrebbe avervi seguito...».

Era troppo tardi per rimediare all'infelice frase destinata a scatenare un putiferio. Hans avvertì nettamente che qualcosa era scattato nella sua testa.

Germaine smise di colpo di essere una ragazzina che si pavoneggia in una sala da ballo con un uomo. Le si era accesa una lampadina. Non guardava più in faccia il suo accompagnatore.

«Perché mi fa tutte queste domande?» ribatté senza più recitare, senza controllare la voce.

E Ninie, toccandole di nuovo il braccio, mormorò:

«Andiamo via!».

«È per questo, vero, che ci ha abbordate per strada?».

Era in preda a pensieri tumultuosi. Ansimava, e il petto le si sollevava convulsamente.

«Dobbiamo andarcene...».

«Come mai tanta fretta all'improvviso?» scherzò Hans.

Fu allora che lei pronunciò quelle parole:

«Scommetto che è uno dei Krull! Avrei dovuto notare subito che assomiglia al dottore...».

La gente del quartiere chiamava già dottore Joseph.

A quel punto le due ragazzine batterono letteralmente in ritirata farfugliando una dopo l'altra:

«Arrivederla...».

Quando, nella casa addormentata, arrivò in cima alle scale, Hans si fermò un istante, e non sentendo nulla, toccò la porta di Liesbeth. La porta si aprì da sola sull'oscurità della camera. Liesbeth era là, in camicia da notte, scalza, ad aspettarlo in piedi, accanto allo stipite.

Lui entrò e andò ad appoggiarsi al davanzale della finestra, dove la cugina lo raggiunse. La luna stava spuntando e li illuminò entrambi, accentuando il mistero della presenza di quei due esseri immobili nella notte, incorniciati da una finestra come in un quadro sospeso sul fianco della casa.

Liesbeth aveva infilato la mano gelata in quella di Hans, in attesa della dose di tenerezza che lui sarebbe stato disposto a concederle, senza osare guardarlo per timore di scorgere in lui noia o stanchezza.

Quella sera Hans non respinse la mano fredda e, anzi, le cinse le spalle con il braccio, continuando a contemplare il canale oltre il cantiere navale, dove il fogliame dei pioppi tracciava una lunga prospettiva argentea.

«Trovi anche tu che assomiglio a Joseph?» domandò improvvisamente in un soffio.

«Chi l'ha detto?».

«Non ha importanza. Lo pensi anche tu?».

«Per niente! Siete l'uno il contrario dell'altro...».

Lui si limitò a dichiarare:
«Bene!».
Senza accorgersene, le accarezzava un seno sotto il tessuto leggero della camicia da notte, e lei aspettò un bel po' prima di azzardarsi a dire con un sospiro:
«Mi fai male...».
Era felice e preoccupata allo stesso tempo. Lui non era mai stato come quella sera, trasognato, si sarebbe detto, quasi tenero. Dopo un lungo silenzio arrischiò, stringendosi ancor più a Hans:
«Quando partiamo?».
Hans non sapeva se Joseph fosse o meno dietro la porta. Non aveva fatto caso ai piccoli scricchiolii rivelatori. E adesso guardava la cugina, il suo naso appuntito, gli occhi sempre ansiosi quando si posavano su di lui.
«Vieni...».
Si sdraiò sul letto, tutto vestito, e lasciò che lei gli si stendesse accanto, rannicchiandosi contro il suo fianco. Lei non vedeva se aveva gli occhi aperti o chiusi, ma sentiva il suo respiro regolare, persino il battito del cuore contro l'orecchio.
Evitava il minimo movimento, quasi tratteneva il fiato per paura di turbare foss'anche di poco quello stato di cose e alla fine avvertì un respiro più lungo, più profondo e sentì le membra di lui rilassarsi.
Dormiva, sul letto di lei, e Liesbeth continuava a restare immobile, spiando il battito del suo cuore, stringendo con entrambe le mani la spalla sotto la lana della giacca.
Quando all'improvviso riaprì gli occhi era chiaro. Si alzò di scatto, stupita che Hans fosse ancora lì, addormentato, con un velo di sudore sulla fronte e sul labbro superiore.
Era molto presto. Sul canale, non era ancora cominciato il viavai delle chiatte. Un cavallante conduceva la sua bestia lungo l'argine, con i finimenti e le cinghie, ma senza carretto.
«Hans!...».

Lo toccò, quasi con timore. Quando aprì gli occhi, lei tremava. Lui sollevò il polso per guardare l'ora, sbadigliò, tirò fuori dal letto una gamba, poi l'altra.

Stava per tornarsene in camera sua senza nemmeno darle un bacio. Se ne accorse che era già vicino alla porta, e tornò sui suoi passi.

«A tra poco...» mormorò pensando ad altro.

Quella mattina, allorché tutta la famiglia faceva colazione in cucina, Hans, osservando Joseph che non si era ancora lavato la faccia, continuava a ruminare i suoi pensieri.

Oltre al fatto che erano entrambi molto alti, non c'era la minima somiglianza fisica tra loro due: né l'ovale del viso né la carnagione né gli occhi.

Eppure quella ragazzina aveva notato un'aria di famiglia e Hans si rendeva conto che aveva ragione!

Anche suo padre assomigliava al vecchio Cornélius, a parte la barba, ma erano fratelli.

Quel giorno Liesbeth sembrava sprizzare salute e allegria, mentre Joseph, che non guardava in faccia nessuno, mangiò in fretta, svogliatamente, per poi risalire subito in camera sua.

Ci fu un'ora morta. Hans uscì per comprare le sigarette a trecento metri da casa e si attardò a guardare le manovre alla chiusa. Nel frattempo, tra una cliente e l'altra, zia Maria era andata a dire ad Anna:

«Non credi che Liesbeth corra il rischio di innamorarsi?».

«Di chi?».

«Di lui!».

«Spero per lei di no!».

«In certi momenti mi fa paura... Ha un modo di squadrarci...».

Fu interrotta dal campanello della porta e si trovò di fronte Pipì.

«Dammi qualcosa da bere, vecchia mia!» sospirò la

madre di Sidonie, che in quel momento aveva la commozione facile.

Passava da un estremo all'altro. A volte era aggressiva e volgare, altre invece si gettava in lacrime tra le braccia del primo venuto. Durante quegli accessi dimenticava la sua avversione per Maria Krull e arrivava addirittura a chiamarla « vecchia mia ».

« Non dovreste bere così tanto, Pipì! Dimenticate che siete in lutto... ».

« E secondo te me lo dimentico? Come faccio a dimenticarlo? Sapessi... ».

Zia Maria girò la testa verso la porta della cucina che si era aperta e si accigliò vedendo Hans sulla soglia.

« Avete bisogno di qualcosa, Hans? ».

« No, zia ».

Finse di non capire ed entrò nell'emporio con l'aria di chi non ha niente da fare e intende trattenersi.

« Vedi, Maria, a te è capitato un bravo marito, il mio invece si ubriacava tutte le sere e mi picchiava tanto che non facevo che abortire... Quindi... ».

La presenza del nipote metteva in imbarazzo la zia. Hans intuiva che, se non ci fosse stato lui, anche zia Maria si sarebbe commossa e avrebbe fatto la morale a Pipì. Avvertiva anche più chiaramente una cosa che aveva già intuito: tra le due donne sussisteva un legame complesso, un misto di attrazione e di odio, un bisogno, certe volte, di misurarsi l'una con l'altra. Quasi che la zia vedesse in Pipì una specie di caricatura di se stessa, forse quella che sarebbe potuta diventare se non fosse stata così ostinatamente virtuosa...

E forse Pipì, che andava in continuazione dai Krull, ora per piangere ora per ingiuriare, semplicemente non riusciva a fare a meno della negoziante...

Hans aprì la porta con la pubblicità della Liscivia Reckitt e restò in piedi sulla soglia, di fronte alla banchina, dando le spalle alle due comari.

« Si somigliano come ci somigliamo io e Joseph! » pensava.

Era tutto ancora un po' confuso, ma nella sua mente cominciavano a prendere forma delle idee, rapporti inediti di causa ed effetto, legami sottili tra le persone.

« Tu che cosa avresti fatto se tuo marito ti avesse picchiata? » domandò Pipì scolandosi un altro bicchierino.

« Avrei pregato! » rispose zia Maria lanciando un'occhiata impaziente alla figura maschile immobile sull'uscio.

Non si poteva più sopportare Hans in quelle condizioni! Come per il gatto nero...

Di quella storia non parlavano mai, perché se ne vergognavano tutti. E da quella volta non avevano più voluto gatti in casa, nonostante le scorribande dei topi.

Quel gatto si chiamava Barbu. Lo avevano avuto, piccolissimo, da un battelliere barbuto e il nome gli era rimasto; un normalissimo gatto nero, un maschio che avevano fatto castrare per via dell'odore.

Verso i due anni aveva cominciato a perdere il pelo e a nulla erano valse le varie pomate che avevano provato: Barbu soffriva di una malattia della pelle e si copriva di croste.

« Bisognerà affogarlo... » si ripetevano ogni giorno.

Finché una mattina incaricarono l'operaio dell'esecuzione. Gli diedero un vecchio sacco e lo videro incamminarsi lungo il canale, ben oltre il cantiere navale.

Non se ne parlò più fino a sera, quand'ecco che, mentre si mettevano a tavola, un gatto nero entrò dalla porta socchiusa e, dopo essersi strusciato contro le gambe di tutti, andò ad accoccolarsi al solito posto, nella cesta che a nessuno era venuto in mente di togliere.

Era Barbu. Barbu che da quel momento guardò la gente di casa in uno strano modo, con una nota di rimprovero negli occhi. Barbu che nessuno osava più accarezzare, tanto era forte il senso di colpa.

Era avvenuto un miracolo? Chissà. In quindici giorni guarì, ma c'era sempre il suo sguardo, la sua inesorabile presenza, quell'aria accusatoria...

Per un paio di mesi lo sopportarono. Non osavano ricorrere di nuovo al sacco. E si vergognavano di chiamare l'accalappiacani per un gatto.

Fu Joseph, che allora aveva quindici anni, a decidersi a uccidere la bestiola, in cortile, sparandogli una fucilata a bruciapelo.

Hans suscitava lo stesso senso di disagio. Andava in giro per la casa rimuginando oscuri pensieri, e quando guardava le persone si capiva che le giudicava a modo suo.

A Maria Krull seccava essere sorpresa a conversare amichevolmente con un'ubriacona, una donna che faceva i suoi bisogni per strada e almeno una volta alla settimana passava la notte al commissariato.

Forse intuiva che Hans le metteva a confronto come se fossero intercambiabili, come se pensasse che, in circostanze diverse, zia Maria sarebbe potuta diventare una Pipì, e viceversa...

Di sopra, Joseph ultimava pian piano la stesura della tesi, con una scrittura minuta e regolare. Liesbeth attaccava con impeto brioso uno studio di Chopin.

Pipì se ne andò. La zia tossicchiò e alla fine si azzardò a chiamare:

« Hans! ».

Bisognava dirglielo! Al diavolo!

« Sentite, Hans... Non dovreste venire di continuo in negozio... Si capisce subito che siete uno straniero... Abbiamo avuto già abbastanza noie, pur essendo in Francia praticamente da sempre... ».

« Va bene, zia ».

Sfoderava un sorriso disarmante, tanto più che, guardandola, cercava di immaginarla intenta a fare pipì sul bordo del marciapiede.

E nello stesso tempo pensava:

« Scommetto che certe volte invidia la vecchia ubriacona! ».

E ad alta voce:

«In tal caso, vado a tenere un po' di compagnia ad Anna. Gioverà al mio francese...».

Sapeva che Anna, quando lui compariva, si sarebbe fatta volentieri il segno della croce, come alla vista del diavolo, anche lei indotta in tentazione!

«Come siete bella stamattina, cugina Anna...».

Era accaldata perché stava facendo delle marmellate e il fornello era acceso al massimo.

«Sapete che non mi piacciono le vostre spiritosaggini...».

Chissà perché era una brutta mattinata, tranne per Liesbeth, che ancora non si capacitava di aver dormito con Hans.

Lei non era all'unisono con gli altri, lì dentro. Eseguiva il suo vibrante assolo che pervadeva tutta la casa senza trovare eco nei cuori.

Si preannunciava forse un temporale? Eppure in cielo c'era una sola nuvoletta bianca.

Hans stuzzicava Anna e si divertiva a farla arrossire, ma in modo fiacco, svogliato, perché in realtà non sapeva dove mettersi e pensava a troppe cose.

Tuttavia nessuno poteva immaginare quello che si preparava: le vie del destino erano troppo tortuose.

Nemmeno alla seconda visita di Pipì, che venne a sbrigare delle commissioni per l'equipaggio di una chiatta a motore.

«Sapeste che colpo, ritrovarmelo sulla chiatta!... Nessuno mi aveva avvisata... Non ce l'aveva con me... Non è tipo da serbare rancore... Ma mi ha detto solo...».

Tutto ebbe inizio da Ninie. Andava ancora a scuola. Le vacanze erano cominciate due giorni prima ma i bambini indigenti che volevano iscriversi a un soggiorno gratuito al mare dovevano presentarsi a scuola quella mattina con un certificato di povertà.

Ninie, che non aveva ancora superato la paura del giorno prima, disse a un'amichetta:

«Scommetto che Sidonie è stata uccisa da uno straniero...».

«Perché proprio uno straniero?».

«Perché ne ho visti nel quartiere e se ieri io e Germaine gli avessimo dato corda ...».

Il giudice istruttore credeva così poco all'esistenza di un «caso» che, nonostante tutto, era partito per le vacanze. È vero che aveva una casetta a dodici chilometri dalla città e il commissario era incaricato di telefonargli se ci fossero state delle novità.

«Se sai qualcosa, devi parlare...».

«Perché dovrei?».

«Perché devi!».

«Se lo sapevo, non ti dicevo niente...».

Le due ragazzine in fila si misero a bisticciare e intervenne l'insegnante.

«Che cos'avete voi due?».

«È colpa sua, signorina! Non vuole dire che conosce l'assassino di Sidonie...».

«Tu sai chi è l'assassino?».

«No, signorina...».

«Allora?...».

Ma l'altra insisteva:

«Mi ha detto che ieri sera uno straniero voleva...».

«Non è vero!».

«Giuro che me l'ha raccontato...».

E così, una cosa tira l'altra, era intervenuta la direttrice, che era lì anche lei per le iscrizioni, e Ninie si ritrovò nel suo ufficio nient'affatto rilassata e a suo agio.

«Che cos'hai detto alla tua compagna? Non mentire! Altrimenti non andrai al mare...».

«Le ho detto che l'assassino deve essere di sicuro uno straniero».

«Perché?».

«Perché ieri sera, io e Germaine...».

«Chi è Germaine?».

«Una mia amica che fa le consegne per il negozio di scarpe dove lavorava Sidonie...».

Anche nell'ufficio della direttrice si respirava odore di scuola.

« Dov'eri con Germaine? ».

« In una balera... ».

Aveva tenuto duro fin lì, ma il coraggio le venne meno e scoppiò in singhiozzi.

Poco dopo la direttrice entrava con Ninie al commissariato del quartiere Saint-Léonard. Alle due un poliziotto in uniforme si presentò al negozio di scarpe e chiese di una certa Germaine.

« Non ho fatto niente! » protestò quest'ultima mentre la portavano via.

Il commissario era seccato, per via di quelle due ragazzine nel suo ufficio.

« Che cosa vi ha chiesto? ».

« Se domenica sera avevamo notato qualcuno che seguiva Sidonie... La conosceva di sicuro... ».

Al corpo di guardia del commissariato i poliziotti erano in maniche di camicia, come Joseph Krull nella sua stanza.

Alle quattro del pomeriggio il cielo cominciò a rannuvolarsi, ma era successo anche i giorni precedenti senza che l'atteso temporale scoppiasse. Un agente in bicicletta si fermò proprio davanti alla casa dei Krull ed entrò nell'emporio.

« C'è uno straniero qui da voi? ».

Zia Maria si agitò, pensando subito a documenti non in regola, o a multe non pagate.

« Ospitiamo il nipote di mio marito che... ».

« È tedesco, vero? Vorrei parlargli... ».

Allora lei attraversò la cucina, che in quel momento era vuota. Ai piedi delle scale gridò:

« Hans!... Hans!... Vi cercano... ».

Hans continuava a tormentare Anna, che adesso stava rassettando le camere al primo piano.

« Scendo, zia... ».

E l'agente:

«La aspettano al commissariato. Si porti i documenti. Mi segua...».

Mentre svoltavano l'angolo della banchina cominciò a cadere qualche goccia d'acqua e sul selciato poroso si formarono larghe chiazze.

Nell'ufficio del commissario Hans scorse subito Germaine e Ninie che cercavano di mostrarsi calme, ma non osavano guardarlo in faccia.

«È lui?».

Le due ragazzine si diedero delle gomitate per incoraggiarsi a vicenda. Germaine si irrigidì.

«Sì, signor commissario... E giuro che ha continuato a parlare di Sidonie per tutto il tempo...».

«Ha con sé il passaporto?».

Hans glielo consegnò.

«Come mai non c'è il visto tedesco né il timbro della dogana?».

«Perché ho attraversato la frontiera clandestinamente».

«Perché?».

«Ero malvisto per le mie idee politiche...».

Era pratico di commissariati e degli uffici pubblici in generale.

«Quando ho saputo che volevano spedirmi in un campo di concentramento mi sono rifugiato in Francia...».

«Passando da dove?».

«Da Colonia e dal Belgio...».

«Come ha fatto?».

«Alla frontiera mi sono attaccato al carrello di un vagone...».

Era un Hans che i Krull non conoscevano ancora, un Hans perentorio e sicuro di sé, che sfidava le autorità.

«Perché i suoi parenti non hanno dichiarato la sua presenza, com'erano tenuti a fare?».

«Non ne ho idea!...».

«Ieri sera ha avvicinato queste due ragazzine alle giostre. Che intenzioni aveva?».

«Nessuna, signor commissario!».

«Perché le ha portate in una balera?».

«Sono state loro a chiedermelo».

«Ah!» fece Germaine con indignazione.

«Sono stato il primo a vedere il corpo di quella tale Sidonie nel canale... Del resto le ho dato il mio nome... Ero lì prima del marinaio...».

«Rammento vagamente, sì... E poi?».

«Niente... Curiosità... Pensavo che un'amica di Sidonie...».

«Come sapeva che erano amiche?».

«Le avevo viste insieme».

«Quando?».

Hans fece una pausa, con gli occhi scintillanti di ironia. Quando? Se lo diceva...

Be', pazienza.

«Domenica sera...».

«Le ha viste insieme domenica sera?».

«Alle giostre, commissario».

«Le conosceva già?».

Doveva anche confessare che qualche giorno prima aveva visto Sidonie sotto un lampione lungo il canale, con le labbra incollate a quelle di un uomo?

«No».

Le ragazzine erano talmente emozionate che si erano strette l'un l'altra e si tenevano per mano. Il commissario invece era furibondo per quella situazione terribilmente complicata e fiutava un bel numero di incognite.

«Perché non si è presentato subito al commissariato?».

«Le ho fornito nome e indirizzo. Lei non mi ha convocato».

Era vero, perbacco! Tutto questo non aveva senso!

«Silenzio voi due, là in fondo!» sbottò il commissario rivolto alle ragazzine. La più piccola aveva sussurrato qualcosa all'orecchio dell'altra. «E comunque, alla vostra età, non dovreste andarvene in giro la sera alle giostre. Fosse per me, vi spedirei in riformatorio! Soprattutto te, che sei la più grande, e hai trascinato la tua compagna...».

Lasciò Hans e le ragazze soli nel suo ufficio per andare a telefonare al giudice nella stanza accanto. Le due amiche erano così impressionate che si addossarono alla porta.

Non è che qualcuno l'avesse voluto. Sidonie era morta da una settimana ed era, per così dire, resuscitata da sola.

«Ecco fatto» dichiarò infine il commissario stizzito. «Non intendo ancora arrestarla... La avverto però che sarà sorvegliato e la invito a non lasciare la città... Può andare... Quanto ai Krull...».

Non disse che intenzioni aveva con i Krull. Aspettava di restare di nuovo a tu per tu con le ragazzine per interrogarle a fondo.

«Le ho detto che può andare...».

Hans si strinse nelle spalle e afferrò la maniglia della porta.

«Buonasera, commissario...».

«Buonasera!».

L'ultimo sguardo di Hans, seppure del tutto involontario, fu per la figura grassoccia di Germaine i cui grossi seni sembravano ipnotizzare il commissario.

5

Hans uscì dal commissariato con l'andatura e lo sguardo subdoli di un cane randagio che medita un brutto tiro.

Rue Saint-Léonard, che era il cuore commerciale del quartiere, era una strada stretta dove i tram passavano rasente i marciapiedi. Al pianterreno le case erano occupate da negozi per lo più di generi alimentari, il cui odore si propagava per un'ampia fetta di strada.

A un tratto gli occhi di Hans furono attirati da un nome che campeggiava su una facciata: «Pierre Schoof». E sotto, in bei caratteri corsivi: «Burro, uova, formaggi».

L'odore si spandeva tutt'intorno, mescolandosi a quello del fruttivendolo accanto, le cui ceste invadevano il marciapiede.

Hans si era fermato. Fu lì lì per incollare il naso alla vetrina come un bambino estasiato.

Contemplava il signor Schoof, un signor Schoof molto diverso da quello che si era presentato in casa dei Krull, più vivace, più spiccio, di un'affabilità disinvolta e briosa.

Nel negozio, completamente rivestito di marmo bianco, erano in tre a servire: il signor Schoof, Marguerite con un grembiule di un bianco abbacinante, e un'altra ragazza il cui incarnato non aveva ancora raggiunto la stessa gradazione di rosa di quello dei padroni.

Colpiva il contrasto fra quei tre, curati e leccati come esemplari da esposizione, che anche nel sorriso facevano pensare a qualcosa di commestibile e, dall'altra parte del bancone, in attesa di essere servite, le dimesse casalinghe, vestite di scuro, con i capelli tirati indietro sui visi spenti, che osservavano con ansiosa cupezza le cifre indicate dalla bilancia.

Hans entrò.

« Posso parlarle un momento, signor Schoof? ».

Si era espresso in tedesco e il signor Schoof, manifestando una certa apprensione, spinse una porta a vetri e rispose in francese: « Si accomodi qui... Vengo subito... ».

Il retrobottega, che faceva da sala da pranzo, da cucina e da salotto, era lustro come il negozio, senza un granello di polvere né il minimo alone sui mobili lucidi.

« La ascolto, Hans... Meglio non parlare tedesco in negozio... La maggior parte della gente crede che io sia olandese e preferisco così... Che cosa le posso offrire? ».

Dai Krull non si offriva mai da bere, invece il signor Schoof teneva una caraffa di cognac e una scatola di sigari nella credenza.

« Sono venuto a chiederle consiglio, signor Schoof. Ho ricevuto brutte notizie riguardo a mio padre e non vorrei angustiare lo zio Cornélius... ».

Il povero signor Schoof, con i suoi occhi tondi, aveva già l'aria della vittima rassegnata.

« Forse saprà che mio padre, non godendo delle simpatie di quelli che sono al potere, mi ha incaricato di passare la frontiera con una parte consistente del suo patrimonio. Questo è il motivo principale del mio viaggio. Solo che ho dovuto depositare temporaneamente il denaro in una banca belga perché temevo grane alla frontiera francese ».

Il signor Schoof ascoltava con un orecchio solo, mentre con l'altro non poteva fare a meno di captare i rumori del negozio, lo scampanellio della porta, lo scatto del registratore di cassa.

«Mio padre è appena stato arrestato e portato in un campo di concentramento... Forse vogliono fucilarlo... O forse lo faranno sparire...».

«Gesummaria!» si sentì in dovere di sospirare il signor Schoof.

«Ecco perché bisogna che lo faccia evadere... Gente del mestiere mi chiede cinquemila franchi, da spedire stasera con un vaglia telegrafico a un dato indirizzo... Non ho il tempo di andare in Belgio a ritirare i soldi in banca... E se ne parlo con lo zio Cornélius...».

Il signor Schoof rimaneva impassibile, sembrava non capire dove volesse andare a parare Hans.

«Ho pensato che se, per quarantott'ore, lei potesse venirmi in aiuto...».

Il signor Schoof non si mostrò affatto entusiasta. Emise un lieve sospiro, fece per guardare negli occhi il giovane ma poi ci rinunciò, ritenendo probabilmente che era inutile stare a discutere, e si diresse alla cassa.

Marguerite, all'altra estremità del banco, vedendolo maneggiare banconote di grosso taglio capì e lanciò un'occhiata curiosa a Hans.

«Tornerò da lei dopodomani, signor Schoof...».

Ma continuava a parlare tedesco in negozio e, per tagliar corto, il signor Schoof sparì sotto il banco.

Hans non sapeva ancora che cosa avrebbe fatto con i cinquemila franchi. L'idea gli era venuta così, vedendo il negozio, e sempre per caso si fermò davanti a una locandina gialla che annunciava un grande concerto al Conservatorio per quella sera.

Entrò e comprò due posti in platea. Quando arrivò in quai Saint-Léonard, spinse la porta dell'emporio, sentendo sempre con immutato piacere il suono grave del campanello e sbirciando, come per salutarlo, il leone bianco dell'Amido Remy, senza accorgersi che la zia si era voltata verso di lui con apprensione, per poi seguirlo fino in cucina, né che Anna aveva interrotto il lavoro e si asciugava le mani interrogandolo con lo sguardo.

Aveva quasi dimenticato la faccenda del commissariato, tanto che la zia fu costretta a chiedere:

« Di che si trattava? ».

« Niente... Niente di importante... Volevano sapere se ero in regola... A quanto pare siete voi in difetto, dato che non avete dichiarato di avere un pensionante... A proposito, se Liesbeth vuole venire, ho due posti in platea per il concerto di stasera... ».

Capì che erano sbalordite dai due biglietti da venti franchi e che sicuramente gli avrebbero domandato dove avesse trovato i soldi. Per semplificare le cose, esclamò:

« ... ho incontrato un compatriota... aveva comprato due biglietti ma deve ripartire stasera... ».

E non finì lì. Si era imbarcato in una storia più complicata di quanto immaginasse. Zia Maria e Anna erano perplesse: non approvavano che Liesbeth uscisse sola con il cugino ma, d'altra parte, erano a disagio all'idea di sprecare dei biglietti da venti franchi.

« A che ora finirà? ».

Fu sul punto di rispondere:

« Quando volete... ».

Non aveva importanza, visto che non sarebbe andato al Conservatorio né da nessun'altra parte! Non c'era bisogno che si facessero il sangue amaro: non sarebbe stato quella sera che avrebbe fatto del male a Liesbeth!

No! Gli era venuta voglia di passeggiare con lei e fare due chiacchiere. Si era reso conto all'improvviso che in fondo non si erano mai parlati.

Aveva trovato la scusa del Conservatorio ed ecco che tutta la famiglia entrava in agitazione; bisognava decidere che cosa avrebbe indossato Liesbeth, stirare il vestito di seta azzurro e fare un salto a comprare un paio di calze nuove!

«Dovrà mettersi in lungo?» chiese.

«Al Conservatorio sempre! Soprattutto in platea!».

Pazienza! Era andata così, e alle otto aspettavano entrambi il tram all'angolo, Liesbeth a capo scoperto, i capelli arricciati di fresco con il ferro (si sentiva ancora l'odore delle punte bruciacchiate!) e uno spolverino di gabardine sopra il vestito che sfiorava il suolo.

«Non andiamo al Conservatorio?» si stupì lei quando scesero dopo due fermate.

«No!».

«Dove andiamo?».

«Da nessuna parte!».

Le sorrideva, divertito, quasi che le avesse fatto un bel regalo. La prese persino a braccetto e si incamminò così con lei, come un qualunque innamorato.

«Cominciavo ad annoiarmi...» disse.

Lei evidentemente equivocò e si scusò, umile e timorosa:

«La casa non è allegra...».

«È una casa straordinaria... Non vi piace casa vostra?... A me, già solo l'odore dei vimini... E poi, quando si apre la porta del negozio...».

Lei si chiedeva se stesse scherzando, ma lui non scherzava.

«Ogni cosa è al suo posto... Prendete ad esempio le tazze con il fondo marrone nella credenza, ciascuna appesa al suo gancetto d'ottone...».

Evitava di darle del tu, ma non per un senso di rispetto. Al contrario, usare il voi era un modo per tenere le distanze.

Arrivarono in centro. Il cielo incombeva e pareva toccare i tetti delle case, un cielo di un bianco lattiginoso sfumato dalla sera e che all'improvviso si dissolse in una pioggia fine come nebbia.

«Andiamo a bere qualcosa... Ecco, Liesbeth, sedetevi qui...».

Aveva notato i tavolini del Grand Café, con le vetrate aperte, i camerieri come statue, con il tovagliolo sul braccio, e gli orchestrali su un palco, all'interno, che sistemavano gli strumenti e appendevano a un'asticella il numero che indicava il pezzo da suonare.

«Cameriere!».

Gli era bastato gridare «cameriere» perché tutti lo notassero e capissero che era tedesco, ma non gliene importava; al contrario, si sarebbe detto che ci provasse gusto a sentirsi quanto più straniero possibile.

«Mi porti una birra con un bicchiere di cognac».

«Insieme?».

«Sì, insieme, e per la signorina un liquore dolce...».

«Vuole la birra insieme al cognac?» insisté il cameriere.

Hans si prese la briga di spiegare a Liesbeth:

«Così si beve da noi. Voi non fate così a casa?».

«Noi non beviamo mai né alcolici né birra».

Cercava di accordare se stesso come l'orchestra faceva con gli strumenti, e gli ci volle quasi altrettanto tempo. Esigente, seccato di non riuscire a trovare subito l'atmosfera interiore ed esteriore che desiderava, mandò a comprare delle sigarette, ma quando le ebbe disse che non erano quelle giuste e rispedì il fattorino dal tabaccaio. Dopo tre birre e tre cognac cominciò finalmente a sentirsi bene.

Allora si abbandonò un po' all'indietro sulla poltroncina di rattan, lasciandosi permeare dall'ambiente.

La pioggia era visibile solo intorno ai globi bianchi che rischiaravano l'esterno del locale, più che altro un pulviscolo luminoso subito inghiottito dall'oscurità e che poi si ritrovava per terra, sul selciato nero e lucido, tranne nella zona riparata dal tendone, che formava un rettangolo chiaro.

I musicisti suonavano un valzer viennese con il grossolano sentimentalismo delle orchestrine da caffè, e una coppia vicino a loro, lui con la bombetta e lei a mani giunte su una borsetta dalla chiusura d'argento, passò buona parte della serata immobile, ad ascoltare.

Liesbeth non osava dire nulla. Sentiva che la serata

era delicata, almeno quanto il momento che avevano passato la notte prima alla finestra, senza parlare.

L'uomo al suo fianco non era mai stato così misterioso e attraente, così temibile.

«Non vi ho ancora raccontato della morte di mio padre» disse a un tratto, come se quel pezzo facesse parte di un repertorio. «È una storia pazzesca! Mio padre era proprio un bel tipo... Sapete, vero, che faceva il calzolaio?... Siete mai stata a Emden?».

«Non sono mai uscita dalla città...».

«Aveva una bottega sotto il Rathaus, un vecchio palazzo con i portici, sotto i quali c'è un'infilata di botteghe... Un bel giorno, mia madre se n'è andata... Non abbiamo più saputo niente di lei, c'è chi dice di averla incontrata in America...».

Manovrava i suoi personaggi come un giocoliere, mescolando alle sue fantasticherie la realtà del presente, la pioggia, i globi di luce crepitanti di falene, fino al profilo teso della cugina, al suo naso appuntito che gli ricordava una ragazzina di Emden, all'epoca in cui girava per le strade da mane a sera.

«A quei tempi mio padre era come Cornélius: altrettanto impassibile, altrettanto severo. Era capace di restarsene dalle sei del mattino fino alle otto di sera seduto accanto alla vetrina, sempre sporca, ad armeggiare con il trincetto e la lesina, senza che gli venisse la curiosità di andare a vedere che cosa succedeva al di là del suo fazzoletto di strada e del negozio di bambole all'angolo. Cameriere!... Un altro!».

«Lo stesso?».

«Birra e cognac... Il cognac in un bicchiere più grande!».

Liesbeth non l'aveva mai visto bere ed era preoccupata, soprattutto perché ogni tanto alzava la voce e allora tutti li guardavano. Per giunta, era imbarazzata per il suo vestito da sera che attirava l'attenzione.

«Alcuni sostenevano che mio padre avesse vinto alla lotteria, ma io non ci credo. Non me ne ha mai parlato, riteneva che non si debba mai parlare di soldi, è un argomento tabù. Penso piuttosto che abbia fatto un buon affare speculando sul marco, come allora facevano in molti. Ha comprato un negozio sulla Bergenstrasse, con migliaia di scarpe in scatole di cartone e due ragazze in grembiule nero a servire i clienti...».

Di tanto in tanto un tram si fermava bruscamente e ripartiva quasi subito.

«Che strano!... Anche Sidonie lavorava in un negozio di scarpe...».

Liesbeth trasalì, non si aspettava che sarebbero finiti a parlare della piccola morta del canale.

«La conoscevo...» continuò lui seguendo il volo maldestro di una falena.

«Chi, Sidonie?».

«Quella di mio padre... Una rossa con un grande neo sul mento... Aveva occhi solo per lei... Si interessava solo a lei... Passava tutto il giorno in negozio a ronzarle intorno e la gente se ne accorgeva... Credo che andassero a letto insieme...».

«Hans!».

«Che c'è?».

«È tuo padre!...».

«E allora?... Ho detto "credo", ma non ne sono certo. Era abbastanza stupido da lasciarsi abbindolare senza avere niente in cambio!... La sera lei usciva con l'agente di una compagnia di assicurazioni che non si faceva scrupoli a venirla a prendere al negozio e a guardare mio padre negli occhi... La prima volta ha tentato di uccidersi gettandosi nella darsena...».

«Tuo padre?».

«Sì... L'hanno ripescato... Lui non voleva... Mi ricordo che la ragazza si chiamava Eva... Avrebbe potuto pagarsi qualsiasi altra... Sono sicuro che, a parte mia madre, non era andato a letto con nessun'altra donna... E, per giunta, Eva aveva il tipico odore delle rosse... Comunque sia, alla fine si è ammazzato, la seconda volta dopo aver preso tutte le precauzioni... È salito sul parapetto del ponte girevole con una corda al collo e una grossa pietra legata ai piedi... Prima di lasciarsi cadere nel vuoto si è sparato un colpo alla tempia... ».

Hans scoppiò a ridere e lei lo guardò, a disagio, con un'angoscia dolorosa in petto.

« Ecco qua! » concluse.

E subito riprese:

« Joseph ha avuto molte amanti? ».

« Non lo so ».

Mentiva. E lui l'aveva capito.

« Rispondi » insisté con cattiveria.

« Non so se ne ha avute molte, ma so di una. Era la domestica dei Guérin... ».

« Il falegname vostro vicino? ».

« Non ne hanno mai parlato davanti a me... Avevo appena dodici anni... ».

« Dunque Joseph ne aveva diciannove... L'ha messa incinta? ».

« No! » protestò lei voltandosi per controllare che nessuno li sentisse.

« Allora, com'è successo? ».

« Joseph era sonnambulo... Lo è sempre stato... Quando era piccolo avevano fatto mettere le sbarre alla sua finestra per paura che si ammazzasse... Una volta l'hanno trovato vicino alla chiusa: sosteneva che un'imbarcazione chiedeva da un'ora di passare e gli impediva di dormire... Vi annoio, Hans? ».

« Continua! ».

Lo divertiva il suo evidente timore di non accontentarlo, mentre nel contempo si lanciava intorno occhiate ansiose!

« Hai visto il retro della casa... All'epoca la stanza di Joseph si affacciava sul cortile... Una notte la mamma si è svegliata e l'ha visto camminare lungo il cornicione di pietra che contorna le due case, la nostra e quella dei Guérin... Non ha osato fiatare... Credeva che fosse sonnambulo... Poi è entrato in una camera... Il giorno dopo, la mamma è andata a trovare i Guérin e la domestica è stata messa alla porta... Joseph stette male per un mese, tanto che dovettero mandarlo in campagna...».

Hans si lasciò sfuggire un risolino, anche se diverso dal solito, forse per via di tutto quello che aveva bevuto.

«Non trovi che io somigli a Joseph?» le chiese di punto in bianco voltandosi verso di lei.

«No! Per niente!».

«Be', ti sbagli... Io somiglio a Joseph, o meglio, è Joseph che mi somiglia... Non puoi capire la differenza... Joseph avrebbe potuto essere me... Io avrei potuto essere Joseph... Come tua madre avrebbe potuto essere Pipì...».

«Hans!» esclamò lei, arrischiandosi a opporsi davanti a quella bestemmia.

«Tua madre se ne rende conto talmente bene che non osa sbatterla fuori, nemmeno quando Pipì la co pre di insulti. Anzi, scommetto che in certi momenti tua madre addirittura la invidia...».

«Pipì?».

«Sì, mia cara...».

Rise di nuovo. Era tutto perfetto quella sera! L'orchestra suonava Schubert e un cameriere portava i favoriti come si usava un tempo. Le strade si erano svuotate al punto che si sentivano risuonare i passi delle persone da un isolato all'altro e se ne indovinava il percorso per le viuzze, fino a che si fermavano per infilare la chiave nella serratura.

«Tu mi seguiresti ovunque?».

«Sì».

«Perché?».

Lei arrossì. Non osava rispondere:

«Perché ti amo!».

Ma la sua mano andò a cercare goffamente quella di lui e gliela strinse con forza.

«Verresti via con me perché a casa ti annoi, vero?».

«Non è per questo, Hans!».

«Come immaginavi il futuro prima di conoscermi?».

«Non lo so... Studio per diventare insegnante di pianoforte...».

«E Joseph per diventare medico!».

«Sì... Probabilmente sarei rimasta nel quartiere, ma un po' più vicino alla città...».

Le veniva da piangere, senza una ragione precisa. Aveva l'impressione che Hans cercasse improvvisamente di sminuirla, di sminuire il suo amore.

«Perché me lo chiedi?».

«E chi avresti sposato?».

«Non so...».

«Un commerciante?... Un impiegato?... Joseph sposerà la signorina Schoof, vero?».

«Credo di sì...».

«Lei lo ama?».

«Credo di sì...».

«Ecco qua!» ripeté soddisfatto per la seconda volta da che si erano seduti al caffè.

Come se gli fosse riuscito un gioco di prestigio o avesse risolto un problema difficile alla lavagna!

C.v.d.! Come volevasi dimostrare!

«Torniamo a casa, Hans?».

«Neanche per sogno!».

«Il concerto sarà finito...».

«Non m'importa».

Insieme al fazzoletto tirò fuori dalla tasca anche le cinque banconote da mille che posò tutte stropicciate sul tavolino.

«Hans!».

Gli rivolse uno sguardo ansioso, osando appena parlare.

«Hans!... Questi soldi...».

«Be'?».

Era sempre più divertito, anche se gli brillavano eccessivamente le pupille.

«È vero, potrei averli rubati!» osservò. «Non mi sarei certo fatto scrupoli. E invece no. Me li ha dati il signor Schoof...».

«Perché?».
«Perché glieli ho chiesti... Volevo avere un po' di soldi in tasca... Se non altro per andarcene se le cose non si sistemano...».
«Quali cose?».
«Tutto quanto... Non si sa mai...».
«E ti ha dato tutti questi soldi, così?».
«Sì, così! Gli ho raccontato una frottola... Sarebbe troppo lungo... Cameriere!...».
Pagò con una banconota di grosso taglio, poi ci ripensò e chiese un bicchiere di cognac senza badare allo sguardo di rimprovero della cugina.
«È così che concepisco la vita, io!» dichiarò alzandosi.
Uscendo rovesciò una sedia, si voltò a guardare il caffè illuminato, due giocatori di jacquet in un angolo e la cassiera che cominciava a contare l'incasso.
«È tardi, Hans... Sarà già quasi mezzanotte...».
E cercava il suo braccio, raggiungendolo a rapidi passettini, senza sapere che cosa dire né come comportarsi in quella situazione.
Come in un'aia, lui era il maschio e lei una gallinella inesperta, intimorita e affascinata allo stesso tempo.
«Dove andiamo?» chiese inquieta mentre imboccavano una strada buia.
«Rientriamo a piedi lungo il canale».
«È tardi, Hans!».
Non gliene importava nulla. Dopo essersi acceso una sigaretta riprese a parlare:
«Non c'è niente di più eccitante della vista di una coppia appartata al buio, in un cantuccio... Non si sa che cosa facciano... Si può immaginare tutto... Si sente come un odore di saliva e di qualcos'altro...».
«Hans!».
«Quando Joseph vede una scena del genere gli tremano le mani...».
«Lo hai visto?».
«Sì! Vorrebbe essere al posto dell'uomo, di tutti gli

uomini che fanno l'amore. Vorrebbe spogliare tutte le donne, accarezzarle...».

«Non starai esagerando, Hans?».

«Non credo... To', guarda...».

La fece fermare poco lontano da una casa dove, al primo piano, si scorgeva una finestra illuminata, una tenda dorata dalla luce che proveniva dall'interno, un'ombra, quella di una donna, a malapena visibile ma presumibilmente intenta a svestirsi. Nello stesso istante, un'altra ombra, la testa di un uomo, spuntò in secondo piano dal fondo della camera dove sicuramente c'era un letto.

«Sono sicuro che se Joseph fosse qui...».

«Cosa farebbe?».

«Niente... Suderebbe freddo... Deglutirebbe... Gli tremerebbero le mani e, come un cane che fiuta tra le immondizie, frugherebbe in ogni angolo buio nella folle speranza di scovare una donna che rientra tardi...».

Lei rabbrividì e lui se ne accorse.

«Che cos'hai?».

«Mi fai paura...».

«E Joseph non ti ha mai fatto paura?».

«No, fino a oggi... Non avrò più il coraggio di guardarlo in faccia... Davvero, Hans, non te ne andrai senza di me?».

«Credo di no...» rispose lui soprappensiero.

«Non ne sei sicuro?».

La fece fermare sotto un lampione. La guardò. Aveva il viso leggermente umido di pioggia, che si faceva sempre più sottile.

Nonostante lo sguardo ansioso, i lineamenti tirati, il suo faccino dal naso a punta esprimeva felicità.

«Vieni...».

Si sarebbe sporcata l'orlo del vestito, troppo lungo per percorrere le strade infangate e soprattutto la banchina.

In lontananza si vedevano la chiusa, nera sullo sfondo grigio, alcune chiatte con delle strisce di un bianco abbagliante dipinte sul fianco e qualche panchina vuota tra gli alberi.

Ripeté:

« Vieni... ».

« Che cosa vuoi fare, Hans? ».

E un attimo dopo:

« Non qui... ».

« Sst! ».

Lei si guardava intorno terrorizzata. Le sembrava che da un momento all'altro potesse sbucare qualcuno dall'ombra, che degli occhi la spiassero da dietro ogni albero. E, per giunta, sentiva la biancheria strapparsi.

« Se ci vedesse Joseph!... » ghignò lui.

Lei non pianse. Aveva troppa paura. Ma quello fu il momento più atroce della sua vita. Non sentiva niente. Spiava i rumori, al punto di avvertire il crepitio di ogni goccia d'acqua tra il fogliame degli alberi e un cane che si trascinava alla catena in un cortile.

« Hans... ».

Lui sciolse la stretta e la guardò sorridendo.

« Che c'è? ».

« Non capisco... Tu... Attenzione...! ».

Si udivano distintamente dei passi. Scorsero delle ombre – tre – risalire il marciapiede. Quella in mezzo era una donna. Gli altri due, lo si capiva dai berretti, erano certamente poliziotti e tenevano ciascuno un braccio della donna, strattonandola di tanto in tanto.

« Siete delle bestie! Delle bestie!... » diceva lei.

« Pipì... » mormorò Liesbeth.

« Allora? ».

« Non lo so... Ho paura... ».

« Paura di che cosa? ».

« Di tutto... ».

Forse anche delle chiatte, che sembravano enormi animali accovacciati nell'acqua, dei montanti del ponte mobile...

Hans non aveva forse menzionato un ponte da cui suo padre...

«Presto, torniamo a casa!».

Oltretutto, Liesbeth provava sempre un malessere fisico dopo che lui l'aveva presa e aveva l'impressione che tutto in lei ne portasse tracce visibili.

I due agenti e la donna avevano imboccato la prima strada, che portava al commissariato. Liesbeth camminava incespicando.

«Non avremmo dovuto...» mormorò meccanicamente.

Poi si aggrappò di nuovo al braccio del suo compagno. Si fermò e indicò, nella schiera di case buie, una sottile lama di luce che filtrava da sotto una porta del pianterreno.

«Non sono andati a dormire!».

«Che importa?».

«C'è la luce accesa in negozio!».

«E allora?».

«Di sera non le accendono mai le luci... È successo qualcosa, Hans!... Me lo sento...».

Lui scrollò le spalle e la trascinò via, accendendosi un'altra sigaretta mentre lei infilava la chiave nella serratura. Ma la porta si aprì da sola. Apparve la zia, dritta, terrea e grigia come i suoi capelli.

«Eccovi qui...» disse con voce neutra.

Anna era seduta sullo sgabello che serviva per raggiungere i ripiani più alti e, per la prima volta, Hans la vide piangere, con gli occhi gonfi e arrossati, il viso contratto in una smorfia che la invecchiava di dieci anni.

Joseph guardò il cugino con occhi asciutti ma di una fissità impressionante.

Liesbeth avanzò di qualche passo gettando un'occhiata ansiosa tutt'intorno e, non trovando risposta alla sua muta domanda, chiese con voce implorante:

«Che c'è? Cos'è successo?».

«Zitta!».

Sua madre le indicò il soffitto. Questo significava che il capofamiglia dormiva e che doveva restare estraneo alla faccenda.

«Mammà!...» supplicò Liesbeth.

E la zia, voltando la testa dall'altra parte, spiegò:

«È venuta quella donna...».

«Pipì?».

Un cenno affermativo.

«Picchiava alla porta urlando insulti...».

Zia Maria lasciò pesare per un istante lo sguardo su Hans, che si era appoggiato al bancone e osservava la réclame trasparente dell'Amido Remy, di un blu molto più scuro che durante il giorno per via della serranda abbassata.

«Dice che...».

Maria Krull faticava a parlare. Con il labbro inferiore gonfio, i lineamenti contratti, assomigliava ancora di più ad Anna, che all'improvviso scoppiò di nuovo a piangere.

«Dice che siamo stati noi a...».

Non ce la faceva più. La smorfia sulla faccia si allargava, sconvolgendole tutto il viso, che lei affondò nel grembiule di cotonina a quadretti, sempre perfettamente inamidato.

«Mamma!».

Liesbeth si slanciò verso di lei, ma sua madre scrollò le spalle come a dire:

«Lasciami stare!... Non ne posso più...».

Joseph, immobile in un angolo, fissava il pavimento grigio.

6

Di colpo calò il silenzio, e tutti rimasero come pietrificati nella posizione in cui erano: zia Maria con il viso seminascosto dal grembiule, Liesbeth angosciata e implorante, Joseph a testa china e, dietro il bancone, Anna in lacrime, ridicola in sottoveste e camiciola, con le forcine nei capelli.

Dopo che la zia aveva tirato su con il naso non si era udito più il minimo rumore. Il vuoto più assoluto. Hans fece per dire qualcosa, aprì la bocca ma si trattenne in tempo vedendo, davanti alla porta a vetri della cucina, il motivo di quell'immobilità: Cornélius. Nessuno l'aveva sentito arrivare. Eppure eccolo là che li guardava. Li guardava e basta, senza fare domande.

Non era inquisitorio, né diffidente, né ironico o altro. Era semplicemente presente!

E gli altri non sapevano come liberarsi dalla posa assunta quando si erano accorti di lui. Zia Maria si vergognava delle sue lacrime. Liesbeth avrebbe voluto sorridere. Chissà da quanto tempo era lì, nascosto in qualche recesso della casa buia!

«Saranno stati dei ragazzini... o un ubriaco...» disse

Anna con improvvisa presenza di spirito. «Su, smettila di piangere, mamma...».

Cornélius si sforzava di capire, aggrottando leggermente la fronte.

«Hanno rotto un vetro lanciando un sasso contro la serranda...».

Spostò lentamente lo sguardo fino a raggiungere la vetrina. Dietro la serranda chiusa si vedevano i frammenti di vetro irregolari e si avvertiva una corrente d'aria.

«Bisognerà chiamare il vetraio» disse Cornélius. «Andiamo a dormire?».

Non ci fu altro. Tutti lo seguirono su per le scale senza dir nulla. La zia rimase indietro per spegnere la luce e la si sentì tirare su con il naso un'ultima volta. Al secondo piano, in corridoio, Liesbeth sfiorò con la sua la mano di Hans.

In ogni stanza della casa il sonno tardò ad arrivare, mentre sulla città continuava a cadere una pioggerella sottile.

Hans poltrì fino a tardi, come sempre quando aveva bevuto. Se ne stava sdraiato sul letto, nudo. La finestra era aperta e il sole illuminava in pieno, con una luce più pura degli altri giorni, i grandi alberi della banchina. Anche l'aria era più tersa, più frizzante.

A occhi chiusi, braccia e gambe distese, Hans si godeva i refoli che scavalcavano il davanzale della finestra, gonfiando le tende al passaggio per poi scivolargli sulla pelle.

Tutti i suoni si confondevano: i rumori della chiusa, gli scampanellii del tram, il tramestio dell'emporio e i martelli del cantiere. Si confondevano anche i pensieri, anzi, non erano nemmeno pensieri ma fantasticherie intorno allo strano viso di Anna, un viso quasi poetico che incuriosiva e affascinava Hans.

Poi, di colpo, per via di una mosca che gli si era posata sulla bocca, balzò in piedi, con lo sguardo subdolo, una smorfia crudele sulle labbra, e si grattò a lungo il cuoio capelluto mentre le sue pupille si riabituavano a poco a poco alla luce, distinguevano gli alberi, l'acqua del canale, la poppa di una chiatta scura decorata da lettere di rame.

Avanzò di un paio di metri e qualcosa attirò la sua attenzione. Gli ultimi strascichi di sonno si dissolsero. Il suo sguardo, più vispo, fissava in lontananza, oltre il terrapieno dove due cani si rincorrevano, all'inizio della chiusa, un capannello raccolto intorno a Pipì: le persone guardavano verso la casa dei Krull e Pipì gesticolava.

Solo in camera, Hans fece schioccare la lingua, come a significare:

«Però!...».

E scrollò le spalle! Non era certo colpa sua! Si lavò i denti, si vestì, gettando di tanto in tanto un'occhiata verso la chiusa, dove un'imbarcazione stava salendo e dei marinai continuavano a fare cerchio intorno a Pipì.

Non era ancora successo niente, eppure Hans, che non era un tipo impressionabile, sentì il bisogno di parlare da solo davanti allo specchio e di ripetersi che non era colpa sua.

Udì Liesbeth entrare in camera sua, lì accanto. Dunque erano circa le dieci, e lei avrebbe rifatto il letto, buttato via l'acqua sporca e spolverato, mentre Anna, dopo aver messo il pranzo sul fuoco, sarebbe salita a fare lo stesso in camera di Hans.

Hans uscì, vide la porta di Liesbeth aperta, fece due passi, senza nessuna particolare intenzione, semplicemente per salutarla e magari domandarle se sua madre si era rimessa dall'emozione.

Liesbeth era china in avanti e stava rivoltando il materasso. Trasalì, si girò e, contro ogni aspettativa, si portò un dito alle labbra e fece segno al cugino di andarsene.

Anche stavolta Hans scrollò le spalle. Senza sapere perché, scese le scale senza far rumore, senza far scricchiolare un solo gradino. Non c'era nulla di premeditato. Raggiunse il corridoio del pianterreno piastrellato di blu dov'era sempre più fresco che nel resto della casa. Udì delle voci e riconobbe quella di sua zia.

Non aveva bisogno di vedere. Anna era seduta al tavolo ricoperto di una tela cerata a quadretti rossi, intenta a mondare la verdura, e la zia, come sempre, era in piedi accanto alla porta a vetri dell'emporio schermata dalla tenda di pizzo attraverso cui filtrava un raggio di sole.

«... non ho voluto dirlo!».

Era la fine di una frase. Sospirò. Si udiva chiaramente il caratteristico raschiare del coltello sulla verdura, probabilmente carote.

«... Quando la gente ha visto ancora un altro straniero in casa...».

Zia Maria doveva essere a testa china; Anna assumeva un'aria triste e compassata.

«... Oltretutto non ha fatto niente per passare inosservato, anzi! Se penso a com'è stata dura per noi all'inizio... E anche dopo!... Durante la guerra... tu eri troppo piccola... ma tuo padre era stato mobilitato in una stazione nei dintorni di Parigi... Un giorno, un ubriacone a cui mi ero rifiutata di dare da bere, allontanandosi, ha avuto la faccia tosta di pronunciare la parola "spia"... Ho creduto che avrebbero spaccato tutto, fracassato la vetrina, gettato i mobili per strada come dai Lipmann, che, però, non erano naturalizzati...».

Attraverso la porta si udiva un brusio sordo e continuo. Hans non si mosse.

«Quando è scoppiato l'incendio al cantiere Rideau c'è stato chi ha buttato la colpa addosso a noi, per via del nostro cognome...».

Poi, con un altro tono:

«Meno male che viene il vetraio...».

Riattizzò il fuoco con gesto automatico, pensando ad altro.

«Liesbeth non ti ha detto niente?».

«No, mamma. A che proposito?».

«Niente... Di noi, è quella che passa più tempo con lui...».

«È lui a correrle dietro!» esclamò Anna. «Prima se ne andrà e meglio sarà per...».

Nell'istante in cui pronunciava «tutti», lui aprì la porta col sorriso sulle labbra e le fece eco:

«Tutti!... Buongiorno, zia! Buongiorno, Anna... È rimasto un po' di caffè per me?».

Si servì da solo, sfilò una tazza dal gancio e inclinò la caffettiera appoggiata su un angolo della stufa.

«È ritornata Pipì?» domandò.

«È là, alla chiusa...».

«Ho visto!».

Eh, già! Aveva visto! Avrebbe dovuto accorgersi che era di troppo in casa, eppure non accennava ad andarsene. Sorrideva! Era allegro! Si godeva il sole, l'aria buona, l'odore dell'emporio e la vista della verdura sparsa sul tavolo!

Non si rendeva dunque conto che la malaugurata rottura della vetrina rappresentava la prima ferita inferta alla casa? Quando la zia si girava da quella parte – e lo faceva di continuo – ne era così turbata che ogni volta si passava una mano sugli occhi.

«Dove andate, Hans?».

Finito di bere il caffè si dirigeva verso il canale.

«... A sentire che cosa racconta!».

«Hans!... Vi prego... Non andate... È il modo migliore per esacerbarla ancora di più...».

«Va bene... Non ci andrò...».

Si sarebbero ricordati di quella mattina in cui non era ancora successo nient'altro che quel piccolo incidente del vetro rotto, in cui l'aria era limpida e si vedevano passare delle famigliole in partenza per le vacanze.

Nessuno pensava a Sidonie, la stessa Pipì doveva essersi un po' dimenticata che in fondo era di lei che si trattava, che tutto era cominciato un'altra mattina di sole, quando avevano ripescato dall'acqua una forma nuda e biancastra.

Ormai si parlava solo dei Krull e gli occhi di tutti erano puntati verso la loro casa, l'emporio color marrone scuro, con il nome in caratteri corsivi: « C. Krull ».

Di tanto in tanto la vicina, la moglie del falegname, compariva sulla soglia per assicurarsi che non fosse successo nient'altro oltre al vetro rotto.

Fino a mezzogiorno non accadde nulla, a parte l'arrivo di Potut che andò a sedersi su una panchina dove a volte restava a sonnecchiare per ore.

Nessuno, però, fece trillare il campanello della porta. Pipì intercettava i clienti, alla chiusa e al porto, e correva a sbrigare le commissioni in rue Saint-Léonard.

Alle undici e mezzo arrivò il vetraio e si mise subito all'opera. Dato che il figlio dei Rideau lo osservava lavorare, la vicina gli urlò:

« Faresti meglio a tornare a casa, Émile! Allontanati da lì!... ».

Zia Maria sentì. Hans, che era in cucina, si voltò verso di lei e i loro sguardi si incrociarono.

Lui non rideva più. Nei suoi occhi c'era un'insolita serietà.

« E Joseph, cosa dice? » domandò.

Maria Krull non se l'aspettava. Non poté fare a meno di trasalire e di rivolgere gli occhi al soffitto.

« È preoccupato per la sua tesi... ».

Tanto preoccupato che, quando scese, aveva lo sguardo vacuo di chi ha dormito troppo e allorché gli rivolsero la parola fece un balzo.

Mangiarono, ai soliti posti. Dal suo, Hans vedeva fuori, attraverso la porta che veniva lasciata sempre socchiusa. La zia era seduta dallo stesso lato ed entrambi scorsero il nuovo capannello mentre in tavola c'era uno stufato fumante che nessuno toccava.

Germaine, la piccoletta col culo basso ormai nota in tutto il quartiere Saint-Léonard, si era messa un cappello che più ridicolo non si poteva, rendendo la sua figura ancora più grottesca: una cloche di paglia rosso ciliegia che la faceva sembrare uno gnomo.

Ad accentuare ulteriormente la somiglianza contribuiva l'espressione seria, l'aria compresa, il modo di scuotere la testa su e giù quando diceva qualcosa, come per ribadire:

« Esattamente! Proprio così... ».

E quegli occhioni da bambola mal riuscita...

Era là, proprio di fronte alla casa, dall'altro lato della strada, in compagnia di due ragazze e di un giovane che lavoravano nello stesso negozio di scarpe. Non cercava di passare inosservata né fingeva di interessarsi a qualcos'altro. Anzi, gesticolava, additava la casa, e a un tratto, chissà perché, una finestra al primo piano.

Dalla cucina non si sentiva quello che diceva. La vedevano e basta. E solo zia Maria e Hans! Si udì la porta dei vicini aprirsi e chiudersi: era di sicuro la moglie del falegname che usciva ad assistere allo spettacolo.

Cedendo alla curiosità, attraversò la strada per andare a interrogare Germaine, la quale ricominciò tutta seria a spiegare senza smettere un attimo di agitarsi.

Alzandosi per prendere una pentola sul fuoco, Liesbeth vide la scena e rivolse uno sguardo angosciato non ai suoi ma a Hans.

« Ha sostituito il vetro? » chiese nel frattempo Cornélius, che dava le spalle alla strada.

« Sì... Ha appena finito... ».

« Quanto ha voluto? ».

« Quanto ha voluto, Anna? Lo hai pagato tu... ».

« Non ho pagato perché non aveva la fattura. Deve chiederla al titolare... ».

Parole banali, gesti di tutti i giorni, stufato e poi prugne cotte.

Intanto Potut aveva abbandonato la panchina e si era avvicinato alla ragazzina tracagnotta che non la smetteva di parlare. Sarebbe stata capace di andare avanti in eterno, con la gravità esagerata dei bambini che si prendono sul serio, gli stessi atteggiamenti categorici, gli stessi sguardi di sfida verso la casa dei Krull.

Sarebbe almeno tornata a casa per mangiare?

Cornélius si accese la pipa, serafico come un santo nella sua nicchia. La mano destra di Joseph si contrasse. Si alzò, drizzando la sua lunga sagoma nel riquadro della porta, e non si vide più nient'altro che la sua schiena.

« Porta il caffè, Liesbeth ».

Liesbeth fece cadere una tazza e fu un bene, se non altro sua madre poté dire:

« Che cosa fai? Hai le mani di pastafrolla? ».

Joseph si voltò. Il pomo d'Adamo gli andava su e giù. Si diresse verso l'altra porta, quella che dava sul corridoio e le scale.

« Non lo vuoi il caffè? ».

Dopo un attimo di esitazione decise di no.

« Vado di sopra... ».

« Dovresti riposarti un po'... ».

L'aveva detto tanto per dire. Sapeva che non era possibile. Ma bisognava fingere, almeno per Cornélius.

La cosa che la preoccupava di più era che in genere, dopo aver bevuto il caffè, il vecchio Krull andava a mettersi sulla soglia dell'emporio e si tratteneva lì per un po' a fumare la pipa.

E lo fece anche quel giorno. Germaine era sempre lì di fronte, con il suo ignobile cappello rosso. Proprio in quel momento una bimbetta alta un soldo di cacio si mise a scrivere con il gesso sul muro di casa. Aveva tracciato solo una « a ». Nello scorgere Cornélius fuggì con un grido di spavento e compiendo un giro largo raggiunse le altre sul terrapieno.

Contro ogni aspettativa, era Hans a cercare di tanto in tanto lo sguardo della zia, la quale, d'altra parte, intratteneva con lui dei taciti colloqui.

« È grave, vero? » sembrava dirgli.

Hans non cercava di convincerla del contrario. Poco mancò che lei gli chiedesse:

« Che cosa dobbiamo fare? ».

Eppure non era successo ancora nulla: solo un vetro rotto, subito sostituito, un'ubriacona che sobillava i marinai vicino alla chiusa e una ragazzina con i polpacci e il sedere da donna che si metteva in mostra davanti alla casa, tutta orgogliosa del suo nuovo ruolo!

Quando Cornélius si voltò, erano tutti preoccupati di quello che avrebbe detto, delle sue reazioni. Invece non successe proprio nulla. Continuava ad avere il solito colorito d'avorio, gli occhi grigi sotto le sopracciglia brizzolate, la barba ispida. Attraversò la cucina strusciando le pantofole come faceva sempre, ripose la pipa nel portapipe e si diresse verso il laboratorio.

La prima a cedere fu Liesbeth, che sbottò:

« Quella non ha nessuna intenzione di andarsene! ».

« Calmati » mormorò sua madre. « Non farti vedere così agitata ».

Per un po' restò immobile, con gli occhi socchiusi, solo le labbra percorse da un fremito continuo: pregava, le mani giunte sul ventre, davanti alla tavola non sparecchiata, davanti al suo piatto dove c'erano sette noccioli di prugna.

Poi una voce acuta risuonò nell'aria di cristallo, una voce volgare, stridula, da popolana:

« Germaine!... Germaine!... ».

La voce strascicava la seconda sillaba. Il mostro con il cappello rosso rispose con lo stesso tono acuto:

« Arrivo, ma'! ».

E il gruppetto davanti alla casa si sciolse. Rimaneva soltanto Potut che, con i suoi piedi malandati, si trascinava verso la panchina meno lontana. Si fece il deserto. C'erano solo i tronchi degli alberi e i sassi sui quali danzava il sole.

Maria Krull sospirò e guardò Hans con sollievo.

Vedendolo prendere la giacca gli aveva detto:
« Sarebbe meglio che non usciste, Hans! ».

Lui ci pensò su un attimo e decise di restare.

Tutti si sforzavano di comportarsi normalmente. Liesbeth, in salotto, suonava il piano, nonostante le perplessità della madre circa l'opportunità che in un giorno simile da quella casa provenisse della musica.

« Prima o poi finiranno per stancarsi! » aveva osservato Hans, come leggendole nel pensiero.

Di ora in ora, tra lui e la zia si stringevano sottili legami. Si sarebbe detto che fossero i soli a capire, che loro due soltanto sapessero o intuissero certe cose e che, in tutta la casa, fossero gli unici adulti.

« Che cosa fai, Anna? » si stupì sua madre vedendola ricomparire con un fazzoletto annodato intorno ai capelli e un secchio d'acqua per mano.

« È il giorno delle pulizie, mamma... ».

Altra perplessità. Era il caso di fare le pulizie di fino in negozio come le altre settimane?

Le fecero. La porta sulla strada restò aperta mentre con la spazzola di saggina Anna raschiava le mattonelle del pavimento, e rivoli d'acqua saponata zigzagavano sulla soglia.

Zia Maria la aiutava. Ora salendo sullo sgabello, ora no, tirava giù, scaffale per scaffale, tutti i barattoli, tutte le scatole, tutte le confezioni di merce, spolverava i ripiani e di tanto in tanto andava fuori a scuotere lo straccio della polvere.

Hans restò quasi tutto il tempo a guardarle, in piedi tra la cucina e l'emporio, fumando, e andando ogni tanto a sedersi nel laboratorio, oasi di pace, penombra e frescura. Tutto era esattamente come gli altri giorni, o come venti o trent'anni prima. Le fascine, alcune di vimine bianco, altre di vimine non ancora decorticato, erano addossate contro i muri passati a calce. Il vecchio Cornélius era seduto nel suo cantuccio, su una sedia a cui erano state segate le gambe a mezza altezza; l'operaio, a due metri da lui, occupava una sedia uguale e intrecciava un cesto simile, allo stesso ritmo, senza che nessuno dei due si sognasse mai di parlare.

Andavano avanti così da anni e anni, praticamente da una vita! Persino il cuscino di reps blu che ricopriva la seggiolina di Cornélius era sempre lo stesso!

La porta era aperta. Si vedevano dei ciuffi d'erba spuntare tra le selci arrotondate del cortile che lasciavano al tiglio un piccolo spazio libero di terra nera. Si sentivano cantare gli uccellini e un merlo saltellava nel rettangolo chiaro che per i due uomini rappresentava l'orizzonte.

L'operaio era gobbo. Arrivava alle sei del mattino e se ne tornava a casa, uscendo dalla porticina, poco prima dell'imbrunire; difficile immaginare in quale realtà si immergesse fino all'indomani.

Gli accordi di pianoforte, ancora! Liesbeth si intestardiva, sbagliava sempre nello stesso punto e riprendeva con nervosismo, si infervorava e inciampava nello stesso identico modo.

« Hans! ».

Zia Maria, che l'aveva chiamato, si limitò a dirgli a denti stretti:

« Andate fuori a vedere... ».

Il marciapiede era deserto, assolato. Hans guardò a destra e a sinistra, e solo in quel momento si girò verso la facciata: sui mattoni scuri sotto la vetrina spiccavano grandi lettere tracciate malamente a formare la parola: « Assassini ».

Pipì si era volatilizzata. La chiusa era vuota. Il mondo sembrava addormentato eppure, mentre le due donne erano nell'emporio con la porta aperta, qualcuno si era avvicinato, forse la ragazzina che era lì a mezzogiorno, e aveva scritto quella parola.

Del resto, era solo una parola. Forse Sidonie non era più così morta, ma nessuno ancora pronunciava il suo nome sul canale ai margini della città.

Era qualcosa di astratto.

Assassini, *al plurale*!

E, sopra la vetrina, la parola « Krull ».

« Cancello, vero, Hans? ».

Persino Anna, adesso, con in mano uno straccio bagnato, si fermava davanti a lui e gli chiedeva consiglio!

Ma le lettere non venivano via del tutto. Nei pori dei mattoni restavano tracce di gesso e da lontano si riusciva a ricostruire la parola.

« Tornate dentro, Hans... Non restate lì... ».

Lui si era attardato un attimo sul marciapiede solo per guardare Joseph, sempre in maniche di camicia, accanto alla finestra della sua stanza, chino sui quaderni.

Era tutto fragile come l'aria, come il paesaggio pochi istanti, qualche frazione di secondo prima dell'esplosione di una polveriera.

I gesti erano quelli di tutti i giorni, eppure sembravano più ovattati del solito. Credevano di parlare con naturalezza, ma le voci non avevano il suono familiare. Lavarono i pavimenti. La zia lucidò i piatti di ottone della bilancia e quindi il bancone di zinco dove si serviva da bere.

Ma il pensiero era rivolto ai nemici! Chissà dov'erano, che cosa stavano macchinando...

Improvvisamente, alle cinque, benché il negozio di scarpe chiudesse alle sei e mezzo, riapparve il cappello rosso. Stavolta Germaine era in compagnia di cinque o sei ragazzine del popolo come lei che doveva aver radunato nel vicolo dove abitava.

Ridevano e parlavano a voce alta. Germaine era meno emozionata che a mezzogiorno. Le venne l'idea di mandare una delle sue compagne in avanscoperta nell'emporio e prima fecero una colletta per racimolare qualche soldo.

A presentarsi fu una spilungona con i capelli neri, i piedi nudi infilati in un paio di ciabatte e le gambe grigie dalla polvere.

« Un pezzo di cioccolato! » disse sgarbatamente avvicinandosi al bancone.

« Di che tipo? ».

«Venti soldi di cioccolato...».

Guardava zia Maria negli occhi, con i muscoli tesi, si capiva che era pronta a battere in ritirata al primo gesto allarmante.

Maria Krull pescò da un boccale una barretta di cioccolato avvolta in una carta viola. La ragazzina allungò i venti soldi. Aveva forse intenzione di arrischiarsi oltre e, in uno slancio di eroismo, uscirsene con un insulto, per esempio, o gettare il cioccolato per terra? In faccia le si leggeva un'intenzione del genere, ma le mancò il coraggio. Prese il pacchettino viola, fece due passi a un'andatura normale, poi raggiunse di corsa le compagne.

Una di loro tirò fuori la lingua scorgendo la fronte e gli occhi di Maria Krull dietro la vetrina. Germaine, invece, disdegnava simili puerilità. Il suo ruolo era troppo importante. Si limitava a imporre la sua presenza e a guardare verso l'emporio con aria di sfida.

Qualche istante dopo, per una misteriosa associazione di idee, alla zia venne da chiedere a Hans, che si era versato un bicchiere di limonata:

«Come mai vostro padre non vi scrive, Hans?».

Lui percepì la nota di sospetto. Quella donna era furba quanto lui.

«Rischierebbe di compromettersi».

«Ah, sì?».

«Sono piuttosto malvisto sul piano politico...».

Lei non insistette e annunciò:

«Vado a lavarmi».

La bottega, con il pavimento ancora bagnato, odorava di pulito. Anna, con il grembiule fradicio e i capelli arruffati, si scosse e mormorò:

«Anch'io...».

Ma bastò un'occhiata di sua madre a farle capire che non era il caso di lasciare Hans solo nell'emporio, sicché si corresse:

«Dopo che sarai tornata!... Potrebbe arrivare qualcuno...».

Quella frase, pronunciata in maniera involontaria e

per questo ancora più sconcertante, riecheggiò nell'aria. A parte la ragazzina che stava succhiando il suo pezzo di cioccolato sulla banchina, in tutta la mattina non si era vista anima viva.

Persino la banchina sembrava più deserta del solito, e in quel deserto spiccava, ostinato, il cappello rosso della disgustosa Germaine, che un'ora dopo fu raggiunta da Ninie, con le sue gambe lunghe e la faccia storta.

Che cosa aveva fatto Ninie per tutta la giornata? Come mai non era venuta anche lei con le altre? E Pipì? E dov'era finito Potut, che ancora poco prima sonnecchiava sulla panchina?

Alle sei, come ogni giorno, passarono gli operai del cantiere Rideau, ma stavolta si fermarono. Uno interpellò Germaine, la quale si imbarcò in un lungo discorso.

Erano in tenuta da lavoro. Guardarono la scritta «Krull» e assunsero un'aria ostile.

Alla fine, però, se ne andarono senza fare nulla. Dopo di loro, a fermarsi accanto al marciapiede fu un agente in bicicletta. Poiché la porta era aperta per lasciare asciugare il pavimento, non si scomodò a scendere, limitandosi a chiamare:

«C'è nessuno?».

Andò Anna, che si vide consegnare un pezzo di carta.

«Che cos'è?» chiese Hans quando la cugina fu di ritorno.

«Una lettera di convocazione per papà... Deve presentarsi al commissariato domani alle nove... Credo che ci andrà la mamma...».

A Cornélius infatti la lettera non la mostrarono. Non gliene fecero nemmeno parola. Per rispetto verso il capofamiglia. Ma proprio per questo forse, a furia di rispettarlo e di temerlo, lo tenevano all'oscuro di quasi tutto quello che succedeva.

Era sorprendente. Tanto più che Cornélius Krull aveva la calma, la dignità dei sordi che, nel bel mezzo dell'agitazione circostante, inseguono il proprio sogno interiore.

Quando entrava in cucina tutti si zittivano, e lui sembrava trovare naturale quel silenzio. A tavola nessuno parlava, al di là di qualche frase banale o indispensabile. Restavano zitti finché non se ne andava, e il silenzio lo accompagnava fino al laboratorio dove raggiungeva l'operaio.

«Dov'è Liesbeth?» domandò la zia dopo aver infilato sotto la camicetta la lettera di convocazione.

Siccome il pianoforte taceva, nessuno sapeva dove fosse Liesbeth. La chiamarono per le scale.

Anche Hans era scomparso.

In realtà si erano appena incontrati nel corridoio del secondo piano. Hans era salito a prendere le sigarette. Liesbeth lo aspettava al varco.

Si aggrappò a lui con aria supplice, farfugliando:

«Non ce la faccio più!».

E lui che colpa ne aveva? Lei continuò con foga:

«Andiamo via!...».

La voce di sua madre chiamò:

«Liesbeth!».

«Scendo...».

Nonostante i ripetuti tentativi di suggestionare Hans, non riusciva a strappargli il cenno di assenso che si aspettava da lui.

«Arrivo!...».

Si aggiustò i capelli con gesto meccanico. Si girò di nuovo...

«Che cosa facevi di sopra?».

«Niente! Mi stavo lavando le mani...».

«Eri con Hans?».

«No... Perché?... Non è qui?».

E Hans, sporgendosi sulla tromba delle scale, ascoltava facendo schioccare la lingua con l'aria di chi la sa lunga.

Forse quella notte la zia non aveva chiuso occhio. Oppure era stata svegliata da un rumore insolito. Fatto sta che, a un certo punto, Hans ebbe l'impressione, nel dormiveglia, di udire dei bisbigli sul marciapiede. Probabile che anche lei li avesse sentiti e si fosse svegliata del tutto...

Lui si svegliò perché qualcuno gli toccò una spalla. Era Liesbeth, in camicia da notte. Gli fece segno di tacere. Il sole stava spuntando, ma la luce era ancora indecisa, più grigia che rosa.

« Va' giù a vedere... » sussurrò lei.

E, come per spiegargli meglio che cosa voleva, andò alla finestra e si affacciò cautamente.

Lui si alzò e indossò il pigiama che non si metteva mai per dormire.

« Cosa c'è? ».

Gli fece capire che non lo sapeva. In punta di piedi, Hans scese le scale, attraversò la cucina ed entrò nel laboratorio, che aveva la porta aperta.

Zia Maria era là, accovacciata sulla soglia, con uno straccio in mano. Alzò la testa sobbalzando per lo spavento, riconobbe Hans e si portò un dito alle labbra.

Erano appena le quattro del mattino. A parte la zia che puliva per terra, sulla banchina non c'era anima viva.

Doveva essere la prima volta in vita sua che si mostrava così, in vestaglia, fuori casa.

« Che succede? » domandò lui con gli occhi.

Lo capì dall'odore. Poi, quando fu più vicino, vide: nottetempo avevano ricoperto la soglia di escrementi, che ora sua zia era intenta a ripulire.

Hans sfiorò con la spalla qualcosa di morbido. Alzò la testa e vide un gatto morto, anche lui ricoperto di escrementi, appeso al campanello.

La zia si dava da fare, senza mostrare il minimo disgusto, preoccupata solo di non riuscire a rimettere tutto in ordine per le cinque e mezzo, quando come sempre sarebbe sceso Cornélius.

Vedendo Hans staccare il gatto gli rivolse un'occhiata riconoscente.

Poi, sempre a gesti, per paura che il minimo rumore potesse svegliare la casa, gli indicò la serranda marrone.

Sopra, a lettere cubitali dipinte a olio, stavolta avevano scritto: « A morte ».

7

Un po' dopo le otto e mezzo Maria Krull, che era salita in camera sua, ridiscese, pronta per uscire, con i vestiti di tutti i giorni: l'abito di lana, il cappello nero, i guanti di filo e le scarpe con i tacchi consumati.

In fondo alle scale, al centro dell'attaccapanni di bambù, c'era uno specchio e lei si guardò, come faceva sempre, per aggiustarsi il cappello.

Stavolta, però, anziché il cappello parve osservare se stessa: era tutta grigia, quella mattina, di un grigio cenere. E non solo i capelli, ma il colorito, la voce, i gesti.

Ci fu un contatto stupito tra gli occhi reali e quelli allo specchio , dopodiché, invece di attraversare la cucina e l'emporio per uscire, la donna risalì al primo piano.

Anna lavava le tazze della colazione lanciando ogni tanto un'occhiata sulla banchina. Liesbeth era seduta al piano, come le aveva detto di fare sua madre, e girava le pagine di uno spartito tendendo l'orecchio ai rumori della casa. In quel momento Hans doveva essere in laboratorio o nel cortile.

Per qualche minuto si sentì Maria Krull fare su e giù in camera sua e quando, qualche istante più tardi, ridiscese indossava il vestito di seta nero delle grandi occasioni, gli orecchini di giaietto, la catenina d'oro al collo, la veletta e i guanti bianchi.

Non si guardò allo specchio. Andava di fretta. Si avviò precipitosamente verso l'uscita, ma poi tornò sui suoi passi, si chinò a baciare Anna su una guancia, senza dire nulla, entrò in salotto e diede due baci a Liesbeth.

Quando infine percorse il corridoio, trasalì imbattendosi in Hans. Fu lì lì per dire qualcosa, ma cambiò idea e infilò la porta senza aprire bocca. Più esattamente, aveva mormorato, rivolta ad Anna, con la voce pacata di sempre:

«Se tuo padre chiede di me, digli che sono andata al mercato...».

Hans si spinse fin sull'uscio per guardarla allontanarsi. Lei affrettava il passo, suo malgrado, con lo sguardo rivolto a terra, e Hans avrebbe giurato che muovesse le labbra, che per tutto il tragitto ripetesse tra sé quello che avrebbe detto al commissario...

Forse era solo un'impressione dovuta all'assenza della zia, fatto sta che quella mattina c'erano dei vuoti in casa, quelli che gli aviatori chiamano vuoti d'aria. Nell'attraversare una stanza si avvertiva un certo disagio, come se la densità dell'aria non fosse la stessa, o non ci fosse il solito odore, o mancasse un rumore abituale. Per esempio, Liesbeth era in salotto, seduta come di consueto davanti al piano, eppure, benché fosse l'ora di suonare, nessuna nota usciva dallo strumento.

Anche fuori, quel giorno, il paesaggio era più desolato. C'erano realmente meno imbarcazioni nel porto? Possibile, poiché era cominciata la stagione morta. Si vedeva ancora della biancheria stesa ad asciugare, ma ce n'era poca, e pendeva immobile nell'aria troppo calma.

Pipì non era alla chiusa. Probabilmente aveva esagerato con l'alcol il giorno precedente e stava smaltendo la sbornia.

Una volta alzata la serranda, l'emporio dei Krull non recava più nessuna traccia delle ingiurie della notte, e la porta venne lasciata aperta, come a ribadire che era rimasto tutto uguale a prima e non c'era ragione di nascondersi.

Non sapendo che fare, Hans rientrò in cucina e, com'era sua abitudine, prese a sollevare il coperchio delle pentole, cosa che mandava in bestia Anna.

Lei non disse niente. Forse non ci fece nemmeno caso. Era tutto ovattato, sordo, e i rumori esterni sembravano più lontani del solito.

« Che cosa c'è per pranzo? » chiese lui.

« Non lo so ».

Non cercava di evitare la risposta. Davvero non ne aveva idea. Hans proseguì per la sua strada, attraversò il corridoio perennemente fresco e spinse la porta del salotto.

Il pianoforte aveva il coperchio abbassato. Liesbeth se ne stava lì, con i gomiti appoggiati sopra, il mento fra le mani a fissare uno spartito senza vederlo. Lui andò a mettersi dietro la cugina e, delicatamente, le accarezzò le corte ciocche bionde sulla nuca.

Dapprima lei scosse la testa per farlo smettere. Lui si ostinò, sorridendo, e lei sospirò:

« Hans, lasciatemi stare! ».

Lui l'accarezzò con più insistenza, sempre sorridendo. Le infilò una mano lungo la schiena, sotto il vestito, nell'incavo tra le scapole.

Allora, con un moto istintivo, lei si girò, il viso acceso da un'autentica collera, e gli gridò:

« Vi ho detto di lasciarmi stare! ».

La sua rabbia non aveva fatto in tempo ad affiorare che già Liesbeth se n'era pentita; guardò Hans con aria ansiosa, poi voltò la testa mormorando:

« Scusatemi... Sono nervosa... ».

Lui smise di stuzzicarla. Adeguandosi al ritmo della

casa, andò a prendere una sedia, si sedette a cavalcioni accanto a Liesbeth e, in silenzio, si accese una sigaretta. La finestra, con le tende di tulle, era chiusa, e aveva ai lati due piante in vasi di rame. Anche la porta era chiusa: erano soli fra le pareti ricoperte di una tappezzeria a fiorellini, in mezzo ai ritratti fotografici, ai mobili tirati a cera e ai ninnoli.

Hans sembrava sapere in anticipo che Liesbeth avrebbe parlato, che doveva parlare. Aspettava, predisponendosi all'ascolto, e lei, come per prendere l'abbrivio, disse:

« Non mi guardate così... ».

Poi, a voce più bassa, girata verso il pianoforte:

« In certi momenti mi vergogno di me stessa... ».

Lui, invece, non si vergognava per niente, né di se stesso né di lei. Non la compativa nemmeno. Ma si godeva lo spettacolo, assaporava quel momento, dall'atmosfera del salotto fino alla linea del collo di Liesbeth, al suo naso appuntito, al fazzolettino appallottolato in mano per ogni evenienza.

« La mamma ha talmente sofferto!... Per tutta la vita ha dovuto lottare!... E io, intanto... ».

Le parole che pronunciò Hans non furono per nulla quelle che lei si aspettava. Pacatamente, soffiando il fumo della sigaretta, lui chiese:

« Perché ha sofferto? ».

Era il momento difficile, l'ostacolo da sormontare. O sarebbe scoppiata a piangere, correndo a rifugiarsi in camera sua, oppure avrebbe parlato come una persona ragionevole. Fu quello che fece, non subito, dapprima con qualche esitazione, qualche timidezza, qualche goffaggine, ma con una calma sempre maggiore.

« La gente è stata così cattiva con noi! ».

« Perché? ».

« Per tutto!... Perché siamo stranieri!... A scuola, le mie compagne mi chiamavano "la crucca" e la maestra mi diceva davanti a tutta la classe: "Signorina, chi è ospite in un paese deve sentirsi doppiamente in dovere di comportarsi bene..."».

La porta si aprì. Anna, con una faccia cupa quasi quanto quella della madre, guardò i due ragazzi seduti tranquillamente e si limitò a sospirare:

«Ah, siete qui...».

E se ne andò com'era venuta. La porta si richiuse senza fare rumore. Liesbeth ne approfittò per dire:

«Anna è stata ancora più sfortunata... Stava per fidanzarsi con un giovanotto perbene, il figlio del giudice di pace che abita nella casa con i due balconi di fronte alla chiesa di Saint-Léonard... Appena suo padre è venuto a saperlo, ha spedito il figlio a finire gli studi a Montpellier minacciando di diseredarlo se sposava mia sorella... Che colpa abbiamo noi?... La mamma non reagisce mai... È gentile con tutti... Ma so quanto soffre a vedere i vicini, gente come i Morin che abitano qui a un passo, vestirsi di tutto punto e andare a servirsi da un'altra parte...».

La voce si abbassò di tono per fare una confessione più grave.

«La mamma è davvero ammirevole, Hans!... Se sapeste...».

Gli avrebbe detto tutto, certo, ma si sentiva in dovere di mostrarsi indecisa, di guardarsi intorno per essere sicura che nessuno li sentisse.

«Quando mio padre è arrivato qui, spostandosi di città in città come facevano a quei tempi gli artigiani, il poligono non c'era e al posto del campo di manovre c'era una grande giuncaia. Non esistevano nemmeno i cantieri Rideau. Credo che lì ci fosse la discarica municipale... Papà, che non parlava francese, si è sistemato in una baracca di legno, tra i salici, dall'altra parte del canale, e si è messo a fabbricare ceste... Avevamo una sua fotografia di quell'epoca, ma ormai è sbiadita. Era identico a adesso, con la sola differenza che la barba era bionda, anche se nella foto sembra bianca...».

Si interruppe, tese l'orecchio. C'era qualcuno in negozio. Tutti e due restarono un attimo in ascolto, aspettandosi una scenata, ma furono rassicurati dal tintinnio familiare delle monete nella cassa e dai passi sul marciapiede.

Era un cliente!

« Là dove adesso abita il falegname c'era una piccola fattoria dove, la domenica, la gente della città veniva a bere il latte ».

« E questa casa? ».

« Era a un solo piano, e al posto del cortile c'era il letamaio della fattoria. Il porto esisteva già. Secondo la mamma c'erano più barche di adesso, tutte trainate da cavalli. E i marinai venivano a bere qui. Non avevamo ancora l'emporio, fornivamo solo da bere per gli uomini e avena per le bestie... ».

Alla fine parlava da persona assennata: nell'oasi del salotto dalla tappezzeria a fiori l'angoscia che regnava in casa si era dissipata. Il fumo di sigaretta saliva in spire attorno al lampadario. Sul davanzale saltellavano dei passeri.

« Non parliamo mai di queste cose... Essendo più grande, Anna ne sa più di me... Lei ha conosciuto nostra nonna ».

« La madre di zia Maria? ».

« Sì... Era lei a mandare avanti la mescita... ».

« Da sola? ».

« All'inizio da sola... Non ho mai capito da dove provenisse esattamente, ma aveva i tipici tratti meridionali... Pare che fosse una bellissima donna... Anche la mamma, del resto, era stupenda... ».

« E suo padre? ».

« È appunto per questo che dicevo che la mamma è così ammirevole, Hans... In casa sono passati parecchi uomini... I benpensanti, mia nonna, non la salutavano nemmeno... Di sua figlia si sapeva solo che era nata ai tempi di una relazione con un alsaziano che due anni dopo sparì... La mamma serviva al bancone. È così che ha conosciuto mio padre... Perché sorridete?».

Non stava sorridendo. Forse stirava leggermente le labbra, ma senza ironia. In ogni caso, non c'era la minima ironia nei confronti della zia.

Era semplicemente incuriosito... Il cammino fatto... La mescita con quella donna venuta da lontano e sua figlia... E Cornélius che, come un pellegrino, posava infine la sua bisaccia e trasferiva i suoi arnesi dalla giuncaia al retrobottega...

«Quanto tempo hanno vissuto tutti e tre insieme?» chiese.

«Parecchi anni, visto che Anna si ricorda della nonna. Credo che ne avesse tre quando lei è morta. Viveva praticamente su una poltrona in cucina, perché le si erano gonfiate le gambe e non riusciva più a camminare. Secondo Joseph soffriva di idropisia, ed è ereditario...».

Morta la nonna, l'ambiente aveva subito una vera e propria trasformazione purificatrice! La mescita, sempre più ridotta, era stata relegata all'estremità del bancone. Sui vetri, le pubblicità dell'Amido Remy con il leone immacolato su uno sfondo blu intenso avevano sostituito le oleografie che decantavano alcolici, se non addirittura immagini più frivole...

Zia Maria era giovane e bella, ma forse iniziava già ad avere quella freddezza, quella pacata dignità che la caratterizzavano.

«Perché non se ne sono andati?».

Fu lui il primo a trovare assurda quella domanda .

«Perché avrebbero dovuto andarsene?» replicò Liesbeth. «E dove? La casa era di loro proprietà. Gli affari andavano bene. Quando si fermano, i marinai fanno provviste per parecchi giorni...».

Ma certo! Erano rimasti!

Erano rimasti senza una ragione precisa, solo perché si trovavano là!

E Cornélius, ce l'aveva avuto, lui, un motivo per fermarsi là?

Aveva attraversato una parte della Germania, il Belgio, il Nord della Francia. Era approdato in una giuncaia tra un fiume e un canale e si era stabilito lì, semplicemente, senza nemmeno porsi la questione, come gli ebrei si erano fermati dopo aver raggiunto la Terra promessa.

Chissà, forse non si accorgeva neanche di essere straniero... Aveva continuato a usare la lunga pipa di porcellana, aveva mantenuto la sua religione, le sue abitudini. Parlava il dialetto del suo paese, nel quale si inserivano via via parole francesi, e i suoi stessi congiunti avevano dovuto familiarizzarsi con quello strano linguaggio.

«La mamma non si è mai lamentata, ma so quanto è stata dura...».

Era stata dura rimanere? Aggrapparsi a quel tratto di canale, a quella chiusa, a quelle quattro mura?

Certo, era stata dura riuscire a fare proventi a dispetto dell'ostilità della gente! Sudarsi i soldi uno per uno, mattone dopo mattone, prima per costruire il piano di sopra, poi per mandare i bambini in buone scuole e vestirli come dei borghesi, infine per avere un salotto, un pianoforte e scaffali pieni di mercanzia decente!

La città non era ancora arrivata fin lì, ma non era già più campagna. Era una periferia in cui cominciavano a disegnarsi le strade, spuntavano i primi marciapiedi, i lampioni, la linea del tram...

A poco a poco intorno a quella dei Krull sorsero altre case. Lì accanto si impiantò una falegnameria. Sul lato opposto, gente con piccole rendite e impiegati si facevano costruire la casa e nessuno di loro conosceva la storia della nonna.

Sapevano soltanto che i Krull erano stranieri, che nel quartiere non contavano, non avevano niente a che spartire con il circondario, ma erano parte del canale e della sua popolazione errante.

«E Pipì?» domandò Hans.

«Non lo so... È sempre stata così da quando la conosco... Veniva a fare le sue piazzate da noi già quando ero piccola... A che cosa stai pensando? ».

Tutt'a un tratto era passata al tu, così, senza rendersene conto. Si trattava, del resto, di uno dei rari momenti in cui si parlavano da amici.

Ma quell'intimità fu di breve durata. Guardando il cugino, Liesbeth rabbrividì. Al ricordo ancora vivo nella carne trasalì dalla vergogna. Il viso le si contrasse in una smorfia.

« Se la mamma lo venisse a sapere... » mormorò chinando la testa. « Perché l'ho fatto, Hans?... E adesso che cosa succederà? ».

Per il momento non successe niente. Nessuno dei due si era accorto di un rumore di passi sul marciapiede e poi nell'emporio. La porta si aprì. Stavolta non era Anna, ma Maria Krull, con il cappello della domenica, il vestito di seta nera, gli orecchini di giaietto. Una Maria Krull incolore, inespressiva, che li guardò entrambi.

Era difficile capire che cosa pensasse, se fosse stupita o contrariata di trovarli davanti al pianoforte. D'altronde, dalla profondità dello sguardo con cui li fissava si sarebbe detto che pensasse ad altro. E tuttavia chiese con la sua solita voce, in un soffio:

« Tuo padre ha chiesto di me? ».

« No, mamma ».

Liesbeth si morse il labbro. Si era alzata e aveva avuto uno scatto come per correrle incontro, ma la madre si era già ritirata, aveva richiuso la porta e aveva cominciato a salire le scale.

Non era successo niente. Mai apparizione era stata più normale e impressionante allo stesso tempo. Hans corrugò la fronte, lasciando cadere la cenere della sigaretta, senza riuscire a rispondere allo sguardo interrogativo della cugina.

Quali erano le novità? Che cosa aveva detto il commissario alla zia? Lei non aveva gli occhi rossi. Non aveva pianto. E, ancora più allarmante della sua apparente calma, della sua apparente freddezza, era stato sentire la sua voce atona pronunciare una frase così banale:

« Tuo padre ha chiesto di me? ».

Era dunque questa la sua preoccupazione? Nascondere a Cornélius che era stata convocata dalla polizia?

In quel momento era proprio sopra le loro teste. Si intuivano tutti i suoi movimenti mentre si spogliava e si rimetteva il vestito di tutti i giorni, annodandosi in vita il grembiule di cotonina a minuscoli quadretti bianchi e azzurri.

« Dove andate, Hans? ».

« Da nessuna parte... ».

Era stufo del salotto e dell'atmosfera che vi si era creata, tutto qui. Gli era venuta voglia di andare da Cornélius, seduto sulla sua seggiola con le gambe segate, accanto all'operaio gobbo.

Lo zio maneggiava placidamente il vimine con le lunghe mani dalle vene sporgenti. Alzò la testa e gli rivolse uno sguardo cordiale. Era abituato alle visite di Hans, che andava ogni tanto a curiosare nell'isola di freschezza del laboratorio, e a volte si sedeva e raccontava storie del suo paese.

Non aveva notato l'andirivieni della moglie? Non si era accorto di nulla quando, la mattina presto, era stato necessario ripulire tutto prima del suo risveglio?

Il viso allungato conservava la solita espressione di serenità, accentuata dalla barba bianca; eppure, agli angoli della bocca, si scorgeva, a tratti, una sorta di rassegnazione o di celata ironia.

« Fa caldo! » sospirò Hans, colpito dal silenzio e dalla pace del laboratorio.

Zia Maria era già tornata nell'emporio. Stava servendo la moglie di un marinaio, una donna magrolina, con i capelli rossi, che teneva in braccio un bambino ed era costretta a complicate contorsioni per prendere i soldi dal portamonete rigonfio.

Poi, di nuovo il vuoto. Anna non osava aprire bocca, e Liesbeth si decise, come per disperazione, ad attaccare con gli esercizi al pianoforte, che eseguiva con grande lentezza, pestando i tasti rabbiosamente.

Fuori, ancora nessuna traccia di Pipì. Joseph, in camera sua, era talmente silenzioso da far pensare che non ci fosse nessuno.

A più riprese Hans avvertì che gli occhi della zia cercavano i suoi, posandosi su di lui con insistenza, ma quando lui la guardava lei girava la testa.

Senza ragione apparente, aveva cominciato a riordinare le centinaia di scatole di sardine che riempivano tre scaffali e si applicava a quel compito con una calma esagerata, un'ostinazione non dissimile dall'accanimento con cui Liesbeth eseguiva le sue scale al pianoforte.

« È pronto! » annunciò infine Anna, l'unica a manifestare la propria spossatezza.

Arrivò Cornélius dal laboratorio, e Joseph scese in maniche di camicia, con gli occhi stanchi.

La banchina era sempre deserta. C'era da chiedersi dove fossero finiti i nemici del giorno prima e che cosa stessero tramando.

Solo Germaine, con l'immancabile cappello rosso, si presentò per fare un giro di pista, come un clown. Stavolta era accompagnata da due ragazzine che potevano avere al massimo dodici anni e pendevano letteralmente dalle sue labbra.

Germaine camminava in mezzo, con le altre due appese al braccio, proprio come lei, una volta, si aggrappava al braccio di Sidonie, che era la più grande.

Quelle tre formavano un gruppo compatto, chiuso in se stesso, si sussurravano terribili segreti e lanciavano di quando in quando un'occhiata intimorita verso la casa dei Krull.

Ma evidentemente la pettoruta Germaine doveva essersi presa una ramanzina il giorno prima per aver fatto tardi a pranzo, perché la cerimonia fu di breve durata; serie come adulte, le tre ragazzine si allontanarono a grappolo in direzione di rue Saint-Léonard.

Joseph era pallido, sfinito da far pietà ed era già tanto se, quando era sicuro che nessuno lo guardava, osava rivolgere un'occhiata ansiosa a sua madre.

«Non hai ancora finito la tesi?» gli chiese Anna, giusto per far riecheggiare almeno in cucina il suono rincuorante di una voce umana.

«Mi resta solo qualche pagina da scrivere».

«Quando la discuti?».

«Il 7...».

«Speriamo che nel frattempo il signor Schoof sia riuscito a concludere per la casa!».

Quella era un'altra storia. Una volta laureato, Joseph, che per due anni aveva fatto pratica in ospedale come studente di medicina, avrebbe aperto un ambulatorio. Avevano messo gli occhi su una casetta nuova, nella parte di banchina già incorporata alla città. Sarebbe stata la dote di Marguerite, che l'aveva scelta per l'aspetto lindo e il giardinetto cinto da un'inferriata.

In autunno, matrimonio e apertura dell'ambulatorio avrebbero dovuto coincidere, sennonché l'attuale proprietario chiedeva una cifra che il signor Schoof giudicava eccessiva ed era già più di un mese che erano in trattative.

«Non mangi gli spinaci?».

Fece segno di no con la testa. Quanto a Cornélius, fedele a una tradizione che non c'era stato verso di fargli abbandonare se non in presenza di ospiti, non usava un coltello da tavola ma un temperino a serramanico che teneva in tasca da quarant'anni, con la lama non più larga di un centimetro. Si tagliava il pane tenendolo premuto contro il pollice, e si chinava in avanti con la barba stretta nella mano sinistra mentre si portava il cibo alla bocca.

«Hai lezione nel pomeriggio, Liesbeth?» chiese Maria Krull.

«Alle due... Armonia...».

Un aeroplano compiva le sue evoluzioni proprio sopra di loro, così fragoroso e basso da far temere che potesse urtare un comignolo o sfondare un tetto, come capita di leggere sul giornale. Joseph si alzò per primo da tavola e tornò di sopra.

Erano ancora tutti all'oscuro di quello che era successo nell'ufficio del commissario, e zia Maria, come faceva ogni giorno, si mise ad aiutare Anna a lavare i piatti.

Sembrava quasi fare apposta a rimandare il momento. Ma forse si stava preparando, radunava le forze, imponendosi quella calma sovrumana che ostentava sin dalla mattina...

Per di più c'era Hans, che continuava a ciondolare, ed era sempre tra i piedi quando lei abbassava la guardia lasciando trasparire qualcosa.

A un certo punto, mentre procedeva a una sorta di ispezione nell'emporio, la zia non gli aveva forse lanciato uno sguardo supplice?

Metteva in ordine, spostava un oggetto a caso, apriva e richiudeva la cassa.

Poi, finalmente, trasse un profondo respiro e, attraverso la porta socchiusa della cucina, annunciò ad Anna:

« Riscendo subito ».

Salì le scale con studiata lentezza, tenendo la gonna sollevata, indugiò alcuni istanti sul pianerottolo e infine girò la maniglia di una porta, che però era chiusa dall'interno. Allora bussò piano.

« Cosa c'è? » chiese la voce di Joseph.

E lei, in un soffio:

« Sono io... ».

Per due ore Anna e Hans furono come due animali in gabbia, furibondi non tanto di essere in gabbia quanto di essere rinchiusi insieme e di doversi incrociare a ogni passo.

Fatto strano, Anna se ne stava senza far nulla, non aveva la forza di dedicarsi ad alcunché, e quando non riusciva più a darsi un contegno andava a piazzarsi dietro il bancone, come in attesa dei clienti.

Hans notò che, con lo stesso gesto che faceva la madre, si sollevava sulla punta dei piedi per guardare fuori, quasi di soppiatto, attraverso la vetrina.

Sulla banchina stavano scaricando dei mattoni che sotto il sole brillavano di un rosso vivo, reso ancora più intenso dal contrasto con il verde del fogliame.

Ma era tutto remoto: a meno di cento metri, eppure in un altro mondo, dal quale li separavano spazi invalicabili.

Di concreto c'erano le voci, di sopra, ridotte a un mormorio, l'una bassissima, l'altra quasi un bisbiglio; uno strano dialogo, costituito per lo più da un interminabile monologo inframmezzato ogni tanto da una frase di Joseph.

La porta era chiusa a chiave e da sotto avevano sentito anche il rumore inconfondibile della finestra che veniva chiusa.

Non si sapeva nulla, se non che Maria Krull parlava, parlava, una litania monocorde, come quando si recita la Bibbia, come i cristiani quando sgranano il rosario in un angolo buio della chiesa.

«Avete intenzione di continuare ad aggirarvi così per casa?» finì per protestare Anna, in preda a una sorta di stordimento.

Lui la osservò senza rispondere. Il suo sguardo non era né cattivo né ironico. Se non si poteva definire affettuoso, era però colmo, per la prima volta, di una curiosità piena di umana simpatia.

«Come vi è saltato in mente di venire a stabilirvi da noi?».

«Non avevo nessun altro posto dove andare...».

«Se succede qualcosa,» (non osava dire: una disgrazia!) «la responsabilità sarà tutta vostra...».

«Dite?».

Pescò una caramella acidula da un barattolo e se la mise in bocca.

«A voi che cosa ha detto il commissario?».

«Niente... Quasi niente...».

A un tratto, dopo circa un'ora, si sentì un rumore diverso dagli altri, come di un corpo che cadesse di schianto: più o meno il rumore di qualcuno che si butta in ginocchio.

Anna guardò Hans, che rimase immobile. Entrambi trattennero il fiato.

A quel punto ebbe inizio il monologo di Joseph, smozzicato, caotico, interrotto da silenzi, forse da singhiozzi.

Per quanto tempo andò avanti a parlare così? Cinque minuti? Dieci? Ad ogni modo fu una cosa lunga, lunga e dolorosa.

Poi, ancora rumori. C'era da sperare che fosse finita. Si sentirono dei passi precipitosi, altri passi e infine il caratteristico cigolio delle molle del letto sotto il peso di un corpo.

«Hans!».

Lui non si voltò.

«Sapete qualcosa? Ditemelo! Non ne posso più! Joseph ha forse...».

Anna non gli piaceva, senza una ragione precisa. Forse perché non era eccitante, o forse semplicemente perché lui non piaceva a lei. Eppure si impietosì, cercò una risposta, balbettò:

«Chi lo sa...».

Nessuno poteva permettersi di piangere! Erano tutti sotto pressione! Aprivano la bocca per dire qualcosa e non ne usciva una parola!

Che cosa succedeva di sopra? Perché quel silenzio assoluto? Un silenzio interminabile!

Entrò un cavallante, con la frusta sulla spalla, e ordinò con fare familiare:

«Dammi una grappa».

Anna gli servì da bere, riempiendo troppo il bicchiere, ma ebbe la presenza di spirito di afferrare uno straccio per pulire il bancone.

Finalmente... Al piano di sopra erano di nuovo in piedi. Stava parlando Joseph. Pronunciò solo qualche frase. Sua madre riprese il sermone... Si sedettero... La conversazione divenne più pacata...

Mentre lasciava cadere le monete del cavallante nel cassetto rivestito di metallo, Anna trovò il coraggio di dire guardando verso la banchina:

« Fareste meglio ad andarvene... Oltretutto, rovinerete la vita a Liesbeth... ».

Non ebbe il tempo di chiederle che cosa intendesse dire. Di sopra, la porta si aprì e si richiuse. Zia Maria entrò in camera sua, si trattenne alcuni istanti e ridiscese con passo lento, attraversò la cucina e apparve nel vano della porta dell'emporio.

Con la testa leggermente piegata sulla spalla destra, così uguale a se stessa da fare impressione, mormorò:

« Che cosa state complottando voi due? ».

8

Alle sette meno cinque, lungo il canale rettilineo che il fogliame degli alberi, intrecciandosi, trasformava a tratti in una galleria, tra gli argini erbosi e i tronchi allineati, circolava ancora qualche imbarcazione: alcune vibravano al ritmo del motore diesel, altre scivolavano sull'acqua trainate dai cavalli, tutte avvolte nella stessa quiete serale, nella stessa luce obliqua e rosata che accendeva le finestre di una casa bianca immersa nel verde e allungava a dismisura l'ombra di una ragazzina che conduceva un cavallo da tiro pomellato.

Il motore del *Centaure* che avanzava a ritmo sostenuto verso la chiusa di Tilly risuonava come un tam-tam. L'acqua si scostava. Le pareti si avvicinavano, e l'uomo a bordo si mise a lanciare dei gran colpi di sirena alla vista del guardiano che, reggendo la manovella, si dirigeva a casa.

Facendosi schermo con la mano, il guardiano vide arrivare il *Centaure* e, dopo aver consultato il suo grosso orologio d'argento, si rassegnò ad aprire pian piano le porte.

Questo succedeva tre chiuse a monte dei Krull, a sette o otto chilometri di distanza. La chiusa di Tilly era la più temuta per via del bacino ovale e delle paratoie laterali che lasciavano entrare troppa acqua alla volta, provocando dei mulinelli.

L'equipaggio del *Centaure* voleva raggiungere entro sera il paese al di là della chiusa. La donna, a prua, reggeva il cavo d'acciaio che mollava a poco a poco.

Quante volte l'avevano detto:

« Prima o poi capiterà una disgrazia alla chiusa di Tilly! Dovrà scapparci l'incidente perché il Genio civile si decida a intervenire! ».

E puntualmente la disgrazia accadde. Non è chiaro se la donna avesse mollato troppo presto, fatto sta che la chiatta, spinta dai gorghi, si scostò dalla parete avanzando di un buon metro, quanto bastava perché la prua restasse nella conca che andava via via prosciugandosi.

La donna gridò. Il marinaio arrivò di corsa. Il guardiano della chiusa si sporse. Troppo tardi: il *Centaure*, con la prua già quasi completamente fuori dall'acqua, si spezzò lentamente in due.

Trasportava un carico di cemento.

All'estremità opposta del lungo rettilineo costeggiato dagli alberi, i Krull erano all'oscuro dell'accaduto e continuavano la loro vita come se sul canale non fosse successo niente.

Proprio all'ora dell'incidente, Hans, non potendone più della cucina, del salotto e dell'emporio, era andato ad accendersi una sigaretta sulla soglia del cortile. Gettando via il fiammifero guardò verso il muretto imbiancato a calce che separava il cortile dal giardino dei Guérin. Al di sopra del muro scorse il viso di un bambino appollaiato su non si sa cosa, una scala o una botte, che lo fissava, immobile, con le pupille dilatate.

« Louis!... » gridò una voce di donna.

Il bambino non si mosse. Voleva continuare a guardare, come ammaliato dallo spettacolo.

« Louis! Vuoi scendere sì o no? Ti proibisco di guardare in casa di quella gente!... ».

La porta del laboratorio era aperta. Cornélius e l'operaio avevano certamente sentito. Ma nessuno dei due aveva battuto ciglio, e restarono impassibili anche quando Hans andò a sedersi vicino a loro.

Solo gli occhi dell'operaio scintillarono di malizia, in particolare allorché Hans esordì:

«Vi ho già raccontato la storia della scimmia? È successo quando abitavo a Düsseldorf da una cugina di mia madre che aveva una profumeria dalle parti della stazione...».

L'operaio sorrideva tra sé, in un modo personalissimo, come se succhiasse una caramella. L'elenco dei parenti o degli amici presso i quali Hans aveva vissuto un po' dappertutto in Germania avrebbe occupato un intero libro contabile. Le sue storie cominciavano tutte allo stesso modo:

«Quando ero a Berlino, da zia Marthe...».

Oppure:

«Quando sono andato a passare le vacanze in Tirolo, dai miei amici von Neumann...».

L'operaio masticava a vuoto, vuoi perché quelle considerazioni lo divertivano intimamente, vuoi per un tic.

A parte l'incidente alla chiusa, a otto chilometri di distanza – ma l'avrebbero saputo solo l'indomani –, quella sera non successe niente, e in casa Krull, dove tutti erano esausti per una tensione che si era protratta troppo a lungo, l'atmosfera si distese.

Giusto qualche inezia. Per esempio, quando si misero a tavola, a nessuno sfuggì che la sedia di Joseph era rimasta vuota. Eppure avevano già gridato due volte nella tromba delle scale che la cena era pronta.

Allora la zia salì, senza dire nulla. Passarono pochi istanti e tornò, limitandosi ad annunciare:

«Arriva».

Joseph scese ma non guardò in faccia nessuno. Si vedeva che aveva pianto, ma tutti fecero finta di niente.

E, subito dopo cena, zia Maria gli raccomandò, come se si rivolgesse a un malato:

«Su, vai a dormire. Ti farà bene...».

Infine, mentre di solito chiudevano molto più tardi:

«Vado ad abbassare la serranda...».

Cornélius non protestò, benché quello fosse il momento in cui gli piaceva fumare un'ultima volta la pipa sulla soglia, guardando l'aria imbrunire sotto gli alberi.

Insomma, grazie a Maria Krull, che con le sue dita pallide sembrava scostare una mostruosa ragnatela, non successe niente, o per lo meno andò tutto come se non fosse successo niente.

Ma Hans, che afferrava le cose, più che col raziocinio, con un intuito quasi femminile, avvertiva di tanto in tanto, quando appunto guardava altrove, la fugace occhiata di sua zia. Un'occhiata diversa da prima. Maria Krull cercava di indovinare i suoi pensieri. Lo scrutava. Lo sbirciava di nascosto. E sapeva perfettamente che lui ne era consapevole. E lui sapeva anche questo. Insomma, gli altri, quelli di famiglia, contavano molto meno di Hans l'estraneo!

«Vorrebbe parlarmi» pensava lui.

«Capisce che ho bisogno di lui!» si diceva lei.

La zia non provava più nessun rancore, nessuna insofferenza nei confronti del nipote scroccone. E in Hans era sparita qualsiasi ironia.

Si spiavano a vicenda. Ma quella sera non se ne fece niente. Avevano tutti bisogno di una tregua e nel giro di dieci minuti ognuno fu in camera propria.

A quell'ora la gente passeggiava pigramente sulla banchina: vecchie coppie che prendevano il fresco o giovani coppie che portavano fuori i bambini, donne con un cagnolino al guinzaglio. Il cappello rosso passò e ripassò, insieme alle stesse due ragazzine della mattina.

Forse per via dell'ora e della presenza di un gruppo di ragazzi, tutt'e tre avevano un atteggiamento più languido, e se anche capitava che guardassero verso la casa dei Krull, non fecero nessuna sceneggiata.

Molto più tardi, quando Hans era già mezzo addormentato, altri giovani tornarono dalla città cantando e uno di loro sferrò un calcio alla porta, ma probabilmente avrebbe fatto lo stesso passando davanti a qualsiasi altra casa.

Hans, che dormiva con la finestra aperta, fu svegliato da un vociare proveniente dall'emporio. Per un attimo credette che zia Maria si stesse accapigliando con qualcuno, ma ascoltando meglio si rese conto che il tizio, un marinaio, non ce l'aveva con lei bensì con il governo, e in particolare con il Genio civile.

Dalla chiusa arrivava un gran clamore, e si andavano formando dei capannelli intorno a un cartello scritto a mano in cui si avvertiva che, a causa dell'incidente avvenuto a Tilly, il canale sarebbe stato chiuso una ventina di giorni per lavori di manutenzione.

Già durante la notte le acque erano scese di venti centimetri e alla superficie affioravano grosse bolle che avevano un che di malsano.

Sempre dalla finestra, Hans fece un'altra scoperta. Cosa insolita, a una cinquantina di metri dalla casa c'era un poliziotto di guardia.

Probabilmente la casa era stata piantonata per tutta la notte, forse addirittura dalla sera prima, e Hans non l'aveva notato. Questo spiegava il maggior riserbo della ragazzina procace, e anche il fatto che sulla casa non fossero comparse altre scritte.

Essendo in uniforme, il poliziotto non era lì per sorvegliare i Krull ma per proteggerli, segno che la zia si era lamentata.

Hans si lavò da capo a piedi con l'acqua fredda e Anna andò di nuovo su tutte le furie perché aveva allagato il pavimento tirato a cera. Si versò il caffè come tutti i giorni e, attraverso la porta socchiusa, incrociò, come per una sorta di complicità, lo sguardo di sua zia.

Adesso sapeva che il momento era vicino. Con aria

innocente, prese il giornale locale che ogni mattina posavano sul bancone senza che mai nessuno lo leggesse, tranne Anna che si interessava ai necrologi.

Il misterioso caso di quai Saint-Léonard

«Potrebbero esserci nuovi sviluppi nell'inchiesta sul delitto di quai Saint-Léonard. Quel tale Potut, che era stato arrestato in seguito al rinvenimento del cadavere di Sidonie S., è stato rilasciato qualche giorno fa, in quanto del tutto estraneo a questo efferato delitto.

«Abbiamo motivo di credere che la polizia segua attualmente un'altra pista, che sembra essere quella giusta».

Ancora un caso fortuito, sicuramente! Facendo il giro dei commissariati, l'anziano cronista del quotidiano aveva raccolto voci più o meno vaghe!

Hans richiuse il giornale e lo rimise dov'era senza dire nulla. Chissà quando e come la zia gli avrebbe parlato: nell'emporio con assoluta naturalezza? O gli avrebbe dato appuntamento di sopra? Oppure...

Si diresse verso il salotto invaso dallo strepito del pianoforte e, esattamente come il giorno prima, accarezzò la nuca di Liesbeth. Gli piaceva ripetere gli stessi gesti, ricercare atmosfere già assaporate.

Questa volta Liesbeth non disse nulla, piegò leggermente la testa per decifrare lo spartito e, in quel momento, entrò zia Maria, con la scusa di prendere qualcosa in un cassetto.

Subito Liesbeth si alzò e uscì dalla stanza. Evidentemente le era stato detto di lasciarli soli appena li avesse visti insieme...

Così come ad Anna era stato chiesto di badare al negozio.

Sicché erano finalmente a tu per tu, nel salotto con la tappezzeria a fiorellini e i fragili soprammobili. Hans notò anche che la zia si era messa gli occhiali, che di solito portava solo per leggere. Non certo per vederlo meglio, al contrario, per nascondergli gli occhi. Sempre rovistando nel cassetto disse senza guardarlo:

«Avete notizie di vostro padre, Hans?».

Lui non si perse d'animo. Accusò il colpo ma sorrise e quasi gli venne voglia di mormorare:

«Carogna!».

Capiva. Prevedeva che il seguito sarebbe stato sgradevole, ma questo non gli impedì di accendersi con disinvoltura una sigaretta e di sedersi sul bordo del tavolo, sapendo che sua zia non lo sopportava.

«Non ho ricevuto lettere ultimamente!» ribatté in tono leggero.

«Peccato, perché il signor Schoof si angustia per quel pover'uomo...».

«Davvero?».

Finalmente lei abbandonò quell'irritante armeggiare nel cassetto e rimase in piedi, con la schiena rivolta alla finestra, assumendo la consueta posa con le mani incrociate sul ventre.

«Vostro padre non è morto quindici anni fa?».

Le labbra di Hans ebbero un fremito. Non erano momenti piacevoli, ma era deciso a incassare con stile. Rise, di un risolino nervoso.

«Ve lo ha detto il commissario? Dimenticavo che ha esaminato il mio passaporto...».

«Che cosa contate di fare, Hans?».

Doveva pensare in fretta, fare ricorso a tutto il suo intuito e soprattutto non commettere errori. Due o tre giorni prima, in simili circostanze, non avrebbe avuto altra scelta che andarsene, come gli era successo altre volte dopo aver piantato le tende in casa d'altri per un periodo più o meno lungo.

Ma ripensò agli sguardi che sua zia gli lanciava il giorno prima. La scrutò di nuovo, convinto che stesse facendo la commedia, come i contadini al mercato quando disprezzano la vacca che vogliono comprare.

Doveva aver preparato quella conversazione punto

per punto, come quando si redige una scaletta. Cominciava con il mettere in difficoltà l'avversario. Ma dove voleva arrivare?

«Che cosa conto di fare? Francamente, zia, vi confesso che ancora non lo so. Ho un amico nel Sud della Francia, un ex compagno di scuola, ma non conosco il suo indirizzo esatto. So solo che ha una villa tra Nizza e Cannes...».

Era apertamente cinico. Riteneva che fosse la mossa migliore. Non si aspettava certo di sentirsi replicare:

«E Liesbeth?».

«Liesbeth?» ripeté per avere il tempo di riprendersi.

Che cosa sapeva di preciso la zia di quello che c'era tra lui e Liesbeth? Chi aveva parlato? Che fosse stato Joseph, durante il loro lungo colloquio della sera prima? Lui le aveva detto tutto? Oppure era stata Anna ad aver confidato alla madre i suoi seppur vaghi sospetti?

«Non rispondete...».

Nonostante tutto, l'atteggiamento della zia era incoraggiante: calma, un po' dolente, non sembrava affatto una donna che ha scoperto di avere in casa uno scroccone, che per di più ha ignobilmente abusato di sua figlia.

Dunque?

«Farò quello che deciderete voi, zia!» rispose senza compromettersi.

«Vi rendete conto di quello che siete?».

E lui, spavaldo:

«Mi rendo conto del fatto che non ho avuto scelta e che la mia vita ha seguito fatalmente il proprio corso...».

Quell'affermazione non significava niente. Gli consentiva di mantenere una certa disinvoltura e persino di guardare Maria Krull con aria di sfida. Peggio per lei se la metteva su quel tono!

«Sentite, Hans...».

Aveva già abbassato la voce e Hans pensò:

«Vediamo un po' questa famigerata proposta!».

Lei stava per fargliene una, era evidente! Altrimenti che senso avrebbe avuto quella scena? Date le circostanze, la zia si trovava in una posizione ancora più difficile della sua. Ecco perché aveva inforcato gli occhiali: le davano sicurezza e impedivano a Hans di leggere nel suo sguardo l'ansia e l'incertezza.

«Ascoltatemi...».

Tentennava ancora, con gli occhi rivolti a terra.

«Il signor Schoof potrebbe sporgere denuncia... Senza contare che per causa vostra, dal momento che non avete i documenti in regola e noi non abbiamo dichiarato alla polizia la vostra presenza, dovremo pagare una grossa multa, me l'ha fatto presente ieri il commissario... Quanto a Liesbeth, è minorenne, e se ci fossero delle conseguenze...».

Fu costretta a distogliere lo sguardo. Del resto, aveva una visione sfocata, perché le si erano appannate le lenti.

«Non ce ne saranno!» si affrettò ad asserire Hans.

Era sicuro di sé e voleva toglierle almeno quella preoccupazione .

Lei, a sua volta, si guardò bene dall'approfondire la questione.

«A ogni modo dovete andarvene... Non potrete nemmeno restare in Francia perché vi occorrerebbe un mezzo di sussistenza e il commissario mi ha detto che non otterrete il permesso di lavoro...».

A queste ultime parole Hans, che non provava più il minimo imbarazzo, non poté trattenere un sorriso.

«... perché capite che qui non potete restare... Anche se non fosse successo nulla, non avremmo potuto ospitarvi gratis ancora per molto... Non siamo ricchi... La gente non ci vede di buon occhio...».

«Lo so...».

Ma non era tutto. Lei insisteva: doveva avere le sue buone ragioni. Parlava lentamente, a riprova del fatto che si era preparata il discorso e aveva paura di perdere il filo.

«Siamo naturalizzati, ma continuano a trattarci da stranieri... Se non ci fosse la clientela del canale, tanto varrebbe chiudere bottega... Voi ve ne arrivate dritto dritto dalla Germania e non fate niente per passare inosservato, anzi...».

Hans sorrise di nuovo. Era vero! Provava un piacere perverso ad apparire straniero, a parlare tedesco, a fare ordinazioni bizzarre nei caffè, ad andarsene in giro senza cappello, con il collo della camicia sbottonato, come nel quartiere non faceva nessuno.

«Che cosa stavo dicendo?».

«Che non faccio niente per passare inosservato...».

Lei si chinò a osservare attraverso il vetro la vicina, la signora Guérin, che spazzava il suo tratto di marciapiede lanciando occhiate incuriosite verso la casa dei Krull. Temette che si fosse prodotto un altro episodio increscioso, ma il silenzio dell'emporio la rassicurò.

«Siete al corrente quanto me di quello che è successo negli ultimi giorni... Ogni volta che accade un fatto spiacevole, è su di noi che si ripercuote... Quando è scoppiata un'epidemia di tifo e si è ammalato anche Joseph come gli altri, le donne del quartiere hanno cominciato a dire che era stato lui a contagiare tutti quanti...».

Con gesto pacato, come fosse in corso una discussione d'affari, Hans schiacciò la sigaretta nel portacenere e ne accese un'altra.

«La faccenda di quella ragazza ha esacerbato di nuovo gli animi contro di noi...».

Hans accolse la perifrasi con un battito di ciglia. *La faccenda di quella ragazza!* Così alludeva all'aggressione avvenuta in riva al canale, a Sidonie strangolata, spogliata, violentata, gettata in acqua...

«Il commissario ha ricevuto delle lettere anonime... Dato che il colpevole non salta fuori, per certa gente è automatico che dev'essere uno dei Krull...».

La sua voce si fece più incerta.

«L'ho capito sin dal primo giorno... Ho previsto tutto quello che è successo e quello che succederà... Ieri abbiamo avuto un giorno di tregua, ma presto ricomincerà e sarà anche peggio».

«Che cos'ha detto Joseph?».

Preferiva sferrare subito l'attacco. Pur non perdendo del tutto il suo sangue freddo, zia Maria accusò il colpo.

«Joseph non c'entra niente in questa brutta storia... Ne sono certa... Me l'ha giurato ieri...».

Dunque anche a lei era venuto il sospetto! Temeva un gesto simile da parte del figlio! E lei lo conosceva bene!

Con gli occhi bassi, Hans assaporava la sua piccola vittoria e zia Maria si sentì in dovere di insistere:

«Di ritorno dal commissariato ho voluto vederci chiaro... Joseph avrà anche i suoi difetti, ma non mi ha mai mentito... Mi basta guardarlo negli occhi per esserne sicura. Che cosa intendete dire, Hans?».

Lui aveva abbozzato una smorfia.

«Niente, zia!».

«Joseph non ha fatto nulla, ve lo ripeto. Se qualcuno gli ha puntato il dito contro è proprio perché è sempre stato un ragazzo fin troppo irreprensibile, e forse perché l'abbiamo educato con eccessiva severità...».

Tirò su con il naso. Fece per prendere il fazzoletto dalla tasca del grembiule ma si trattenne, poiché sarebbe stato già quasi un'ammissione di sconfitta.

«Chi lo ha accusato?».

«Stupidaggini... Certe ragazzine, come quella smorfiosetta con il cappello rosso che fa galoppare la fantasia...».

«Ha detto che quella sera, alle giostre, Joseph le ha seguite, lei e Sidonie. Non è così?».

«Quelle ragazzine si immaginano sempre che qualcuno le segua... Poco male, Hans! Ciò che conta è la gente... Il commissario sa bene quanto poco siano attendibili certi pettegolezzi...».

«Credete?».

«Me lo ha detto lui».

«E io scommetto che sta conducendo un'indagine scrupolosa...».

Stava per andare a prendere il giornale del mattino per sbatterle sotto il naso l'eloquente trafiletto.

«Non è questo il punto!» si ostinò lei. «Possono fare tutte le indagini del mondo, non troveranno mai niente contro Joseph, al massimo qualche inezia... È la gente che mi fa paura... Ci renderanno la vita impossibile... A meno che...».

Un silenzio. Arrivata finalmente al punto cruciale di quel colloquio, ne provava quasi uno stordimento, e si precipitava maldestramente alle conclusioni.

«Visto che in ogni caso dovete partire, tanto vale che andiate direttamente all'estero, in Germania o altrove. Se lasciate la città di nascosto i sospetti ricadranno quasi certamente su di voi...».

Con il petto palpitante di speranza sotto la camicetta, lo guardava intensamente, come per ammaliarlo, per strappargli un sì.

«Non avete niente da perdere! Una volta varcata la frontiera...».

Ecco dunque dove voleva arrivare! Hans, che pure non si stupiva facilmente, era sbalordito. Provò un'autentica ammirazione per la zia che aveva preparato tutto quel discorso per giungere a dichiarare:

«Potremmo farvi sbattere in prigione per truffa. Avete approfittato di Liesbeth e creato lo scompiglio in casa, ma chiuderemo un occhio se accettate di fare il capro espiatorio e allontanare i sospetti che pesano su Joseph!».

Joseph, per il quale la donna aveva architettato tutto quel piano, ne usciva ingigantito. E intanto lui era di sopra, accanto alla finestra aperta, chino sui suoi quaderni!

Anna e Liesbeth aspettavano in cucina.

«Conosco la gente, e sono certa che ci lasceranno in pace...» concluse in sordina, girandosi verso la finestra.

La parola «gente», che ricorreva di continuo nei

suoi discorsi e nelle conversazioni domestiche, assumeva per i Krull una risonanza particolare, un significato quasi temibile. La gente era tutto il resto dell'umanità, l'oceano vivente che circondava l'isola della famiglia: cominciava dai Guérin per estendersi fino ai confini del mondo.

« La gente ci lascerà in pace... ».

Il che equivaleva a dire che la burrasca si sarebbe allontanata con la partenza di Hans...

« Che cosa vi ha detto esattamente Joseph, zia? ».

Non era più l'imputato. Non aveva più bisogno di fare lo spaccone. Era lui, al contrario, a fare le domande in tono perentorio.

« Guardate, Hans... ».

Sua zia gli indicò, oltre la tendina di tulle, la banchina e la chiusa, dove tra i marinai sfaccendati regnava sempre una sorda effervescenza. Tra gli uomini spiccava la sagoma volgare di Pipì che concionava. Sembrava quasi di sentire la sua voce, si intuiva che stava raccontando alla nuova platea la storia di sua figlia, e di quando in quando tendeva il braccio verso la casa dei Krull.

« Vedo... ».

« Finiranno per incolparci anche della chiusura del canale!... Ma, se voi ve ne andate... ».

« Che cosa vi ha confessato Joseph? ».

« Perché avrebbe dovuto farmi una confessione? ».

« Perché ha pianto, si è buttato in ginocchio davanti a voi, ha avuto una crisi isterica e ha dovuto stendersi sul letto... ».

Lei tacque.

« Conosceva Sidonie, vero? ».

« Le aveva rivolto la parola per strada un paio di volte... È stata la sua amica a dirlo al commissario... Pare che si divertissero a prenderlo in giro perché era imbranato con le ragazze... ».

« E quella sera? ».

« Che cosa avete, Hans? Perché mi guardate così? ».

« Perché voglio sapere! ».

«Credete che...».
«Non credo un bel niente! So solo che Joseph è un tipo particolare... Chissà che cosa faceva per strada di sera... Prima usciva tutte le sere, vero?».
«Andava a prendere una boccata d'aria!».
«E non aveva amici, nemmeno all'università...».
«Perché non gli perdonavano di essere tedesco!».
«Non aveva nemmeno una ragazza...».
«È troppo timido...».
Non poteva impedirsi di rispondergli, e la cosa le seccava. Lui se ne stava seduto sullo spigolo del tavolo in una posa indolente, stropicciando una tovaglietta di pizzo.
«Che altro vi ha detto?».
«Vi assicuro... Se insistete...».
Guardò la porta, il soffitto. Si sarebbe detto che fosse lì lì per chiamare in aiuto il figlio.
«Non sono uno stupido, zia... L'ho visto, quando siamo passati insieme accanto a una coppia avvinghiata sotto un lampione... Gli tremavano le mani... E per un po' non ha aperto bocca... Gli succede la stessa cosa quando segue una donna che sotto il vestito non porta niente o quasi, o quando guarda una finestra dietro la quale si staglia una sagoma femminile... Un mio compagno in Germania...».
«Tacete, Hans!».
«Al mio compagno bastava la vista di una gamba... E finché non poteva...».
«Hans!».
«Scommetto che Joseph si nascondeva nei cantoni a spiare le coppie che si baciavano...».
Lei dovette sedersi e stavolta tirò fuori il fazzoletto dalla tasca, ma per asciugarsi il sudore.
«Non l'ha uccisa lui!» asserì. «Me l'ha giurato...».
«Allora perché è così spaventato?».
Lei gli lanciò un lungo sguardo, completamente diverso dai precedenti. Aveva quasi deposto le armi. Sembrava chiedergli:

«Posso fidarmi?».

Stava accadendo, infatti, una cosa incredibile: zia Maria, la diffidenza fatta persona, era soggiogata da Hans, e alla fine balbettò:

«Non mi ha tenuto nascosto nulla... L'ha seguita... Voleva parlarle di nuovo, ma non in presenza dell'amica che si faceva beffe di lui... Mi ha confessato che era attratto da quella ragazza perché era tubercolotica come lui...».

Hans ascoltava con la serietà di un medico.

«Soltanto lungo il canale si è accorto che qualcun altro la seguiva, un uomo tarchiato con un cappello di feltro...».

«Continuate, zia!».

Lei si era interrotta, scossa da piccoli singhiozzi, più per la stanchezza che per lo strazio. Alla fine gli rivolse uno sguardo implorante:

«Perché volete che...».

«Che cos'ha visto?».

«È colpa mia! Se gli avessi lasciato frequentare le prostitute, come fanno gli altri, non sarebbe successo niente. Io mi preoccupavo solo della sua salute! Da piccolo non cresceva e a scuola si ammalava sempre...».

«Si è nascosto, vero?».

«L'uomo aveva abbordato la ragazzina. Sulle prime sembrava che lei ci stesse, tant'è che è andata con lui fino all'argine del canale.

«È successo vicino a una pila di mattoni, che è ancora là. Si sono baciati. Poi l'uomo ha cominciato a farsi più intraprendente e la ragazza si è divincolata...».

Chissà con quali parole Joseph aveva raccontato la scena a sua madre...

«Sono caduti tutti e due a terra... Lui non ha visto che la strangolava... Credeva che...».

«Ed è rimasto fino alla fine?».

«Quando ha capito era troppo tardi, e l'uomo stava già trascinando il corpo fino al canale. Joseph non l'ha visto in faccia. Secondo lui aveva l'aspetto di un barbone... Era vestito come i vagabondi che gironzolano per le campagne...».

«E le lettere anonime?».

«È sempre la stessa storia... Ragazzine che hanno raccontato ai genitori che Joseph le seguiva o che aveva rivolto loro la parola... Tutti i giovanotti lo fanno... Se Joseph confessa alla polizia che era lì... Hans! Ci avete già fatto abbastanza male... Ormai la mia povera Liesbeth...».

Pianse ancora per un po '.

Poi, con il fazzoletto sulla bocca, disse con voce soffocata:

«Dovete salvare Joseph... È necessario, capite?... Dovete andarvene, la gente deve smetterla di prendersela con noi...».

Per un istante lui pensò che zia Maria stesse per gettarsi in ginocchio, come aveva fatto Joseph il giorno prima davanti a lei.

Un marinaio con gli zoccoli ai piedi entrò rumorosamente nell'emporio.

9

Come aveva fatto Maria Krull a intuire che non si trattava di un normale cliente e che quei passi erano forieri di una minaccia? Bastò quel rumore di zoccoli per farle rizzare le orecchie e abbandonare un dramma per un altro. Affilò lo sguardo, dimenticandosi di Hans, mentre la mente volava al negozio e subito dopo il corpo seguiva la mente. Hans non avrebbe mai scordato quell'immagine di lei, altrettanto intensa e definitiva di una foto incollata in un album: era corsa in cucina e si era appoggiata a uno dei battenti della porta a vetri. La porta era schermata da una tenda sottile e la luce le disegnava un'aureola intorno ai capelli grigi, mentre il viso, in controluce, era più modellato e compatto.

L'altro battente della porta era socchiuso e zia Maria allungava il collo per spiare il nemico, pronta ad accorrere in aiuto di Anna.

L'uomo era un marinaio che, qualche istante prima, si era staccato dal gruppo sobillato da Pipì. Probabilmente era abituato a fare lo spaccone sin dai banchi di scuola, a scatenare gli applausi e le risate, a sfidare il maestro o la maestra con il suo sguardo da imbecille arrogante.

«... State a vedere!...» aveva esclamato con i baffi umidi e un luccichio negli occhi.

E, mentre attraversava il terrapieno, tutto tronfio di sentirsi tanti occhi puntati addosso, si era voltato per assicurarsene, abbozzando un gesto con il braccio come a dire alla platea:

«State tranquilli... Adesso vedrete...».

Avvicinandosi all'emporio, tuttavia, rallentò il passo fino a entrare più o meno con l'andatura di un normale cliente.

Anna stava dietro il bancone. Liesbeth si era rifugiata in un angolo dell'emporio per non rimanere sola in cucina o in camera sua. Erano tutte e due pallide, stravolte dall'apprensione.

«Desidera?» domandò Anna, che non si era accorta di nulla.

Si stupì di vedere l'agente, che di solito si teneva a cinquanta, cento metri di distanza, piantarsi davanti alla vetrina tenendo d'occhio l'interno.

«Un pernod!».

Lei cercò tra le bottiglie. Fu in quel momento che zia Maria si appostò dietro la porta.

Non appena Anna gli ebbe servito da bere, quel clamoroso imbecille prese il bicchiere e, rivolgendole un'occhiata beffarda, scaraventò a terra il contenuto e posò di nuovo il bicchiere sul bancone.

Com'era contento! Fissava Anna negli occhi, tutto soddisfatto di aver sfidato una ragazza, si asciugò i baffi e infine esclamò:

«Non sia mai che io beva in casa di un assassino!».

Anna voltò istintivamente la testa verso la cucina e scorse sua madre nel vano della porta. Forse la vide anche l'uomo, o forse no... Comunque sia, si avviò fuori. L'agente, sulla soglia, incerto sul da farsi, si limitò a brontolare:

«Avanti! Via di qui... Niente scenate!...».

Hans era salito di sopra. Quando di preciso, nessuno sarebbe stato in grado di dirlo. Spariva e ricompariva sempre senza fare rumore, senza provocare il minimo spostamento d'aria. Dopo aver constatato che non era né in cucina né in salotto, Maria Krull andò ai piedi della scala e lo sentì girare piano piano la maniglia della porta di Joseph.

Hans non lo aveva fatto apposta, non intendeva prenderlo di sorpresa. La porta non cigolò. Le suole delle sue scarpe non produssero alcuno scricchiolio posandosi sul pavimento.

Fu lui a restare sorpreso del silenzio in cui era immersa la stanza, che sulle prime gli sembrò deserta. Davanti alla finestra c'era un quaderno aperto, accanto a una boccetta di inchiostro verde e a una penna dall'estremità rosicchiata. Ma la sedia era vuota, non c'era nessuno in quell'angolo dove gli alberi frondosi della strada si riflettevano nello specchio dell'armadio e le lancette di un orologio di marmo nero erano ferme da un'eternità sulle dodici meno dieci.

Eppure Joseph era là, steso lungo lungo sul letto, completamente vestito, con ai piedi un paio di enormi pantofole gialle. Una mano penzolava a terra, sullo scendiletto a fondo rosso, e dalla bocca aperta usciva un respiro regolare.

Era l'unico ambiente della casa che sprigionava un odore di uomo, di sudore, di tabacco freddo. Passando, Hans gettò un'occhiata automatica al quaderno con le pagine fittamente ricoperte della scrittura minuta di Joseph. Spiccava un titolo vergato in bei caratteri tondi: « Classificazione anatomica delle lesioni ».

Ma sotto, a parte qualche ditata, non c'era ancora niente: un foglio gualcito davanti al quale un uomo doveva essere rimasto a lungo, con espressione caparbia, a pensare ad altro. Alla fine Joseph aveva annotato sul margine, a matita, in una scrittura diversa da quella del quaderno: « Basterebbe forse saper schiaffeggiare un agente per strada, o mentire senza arrossire, oppure...».

E sotto, un disegno che non rappresentava niente, uno di quei complicati ghirigori che si scarabocchiano quando si è soprappensiero.

Poi era andato a stendere sul letto il suo corpo fiacco senza nemmeno togliere la trapunta. Probabilmente le notti precedenti aveva dormito pochissimo. Stremato, aveva ceduto al sonno, un pesante sonno diurno. La camicia bianca, con il colletto aperto, era intrisa di sudore.

Accanto al comodino c'era una sedia e Hans si era seduto a contemplare il cugino. Stava immobile, senza fare il mimino rumore. Eppure, dal fondo di quello stato di prostrazione, Joseph avvertì una presenza estranea e risalì lentamente alla superficie, un fremito percorse la pelle madida, il pomo d'Adamo andò su e giù e infine dalle ciglia filtrò uno sguardo.

Quando riconobbe Hans fece uno sforzo per affrettare il risveglio, si sfregò le mani sul viso e chiese con voce impastata:

«Che diavolo volete?».

Senza accorgersene, Hans sorrideva. A dire la verità non era un vero e proprio sorriso: appena un'increspatura delle labbra , che esprimeva un vago affetto, velato di ironia.

Il lungo corpo di Joseph si piegò in due. I piedi toccarono terra. Indugiò ancora un attimo seduto sulla sponda del letto.

«Siete contento adesso?».

Anche con tutta la buona volontà, Hans non avrebbe saputo spiegare il motivo di quella perenne allegria che gli irradiava il volto, come un riflesso del mattino, del cielo terso, dell'aria limpida che si estendeva a perdita d'occhio fuori dalla finestra, piena di suoni e di vita.

Aveva appena visto Joseph addormentato. Ora, vedendolo ancora assonnato, chiuso e guardingo, non poté fare a meno di esclamare:

« Imbecille! ».

Non staccava gli occhi dal cugino. Che spettacolo straordinario osservare Joseph alzarsi, inquieto, rancoroso, amareggiato, e intuire tutto quello che si agitava dentro di lui, finanche le minime emozioni, anche quelle di cui lo stesso Joseph non era consapevole!

La cosa sbalorditiva era che Hans sarebbe potuto essere Joseph! Era in grado di essere nello stesso tempo Hans e Joseph! Avrebbe potuto, da solo, interpretare entrambi i ruoli, pronunciare le battute dell'uno e dell'altro nella conversazione che stava per avere inizio.

Joseph, invece, era soltanto Joseph!

In piedi, superava di tutta la testa la lampada elettrica sospesa al di sopra del tavolo. Il viso mostrava ancora tracce di sonno e sulla schiena la camicia era tutta spiegazzata.

« Ho appena fatto una lunga chiacchierata con zia Maria » esordì Hans alzandosi e avvicinandosi alla finestra.

Si sedette sul davanzale e si accese una sigaretta.

« Che cos'ha detto mia madre? ».

« Tutto quanto! Vorrebbe che me ne andassi per fare ricadere i sospetti su di me. È convinta che in questo modo vi lascerebbero in pace... Che idiozia! ».

E Joseph, a testa bassa, con voce sorda:

« La devono smettere di tormentarci!... Io non ho fatto niente... ».

Non fosse stato così alto, lo spettacolo sarebbe stato meno patetico. Ma era smisurato e la testa, quando la chinava in quel modo, sembrava penzolare dal lungo collo.

Fino a quel momento, nei suoi rapporti con Hans avevano prevalso l'astio e la diffidenza. L'astio di chi si sente inferiore, e per questo è furibondo, perché ritiene tale inferiorità un'ingiustizia, ma non è capace di reagire.

Un astio fondato su un'ammirazione incoercibile e sull'invidia!

E oggi, davanti a uno come Hans, che sapeva tutto e lo soggiogava con il suo sorriso olimpico, si riduceva a balbettare:

« ... Non ho fatto niente... ».

« È proprio questa la cosa più ridicola! ».

Non poteva fare a meno di assumere un tono sarcastico. Guardò fuori dalla finestra e vide Pipì staccarsi dal gruppo e avviarsi verso la casa.

Joseph lottava con se stesso, ribellandosi alla propria irresolutezza, alla propria modestia, all'ammirazione invidiosa che nutriva per il cugino, per la sua disinvoltura, per il suo cinismo.

« Dato che non ho ucciso quella ragazza... ».

« Ma è di te che sospettano e continueranno a sospettare... ».

Era la prima volta che gli dava del tu, ma non per disprezzo o con un tono di superiorità, al contrario: tutt'a un tratto erano entrati in confidenza.

« Solo perché sono straniero! » ribatté Joseph. « È sempre la stessa storia! Ogni volta che succede qualcosa nel quartiere, la colpa è comunque nostra... ».

Hans era contemporaneamente all'interno e all'esterno. Teneva d'occhio Pipì, immaginava la fronte e i capelli grigi della zia che spiava il nemico appostata dietro la vetrina.

E non si perdeva un dettaglio dello spettacolo di Joseph che, a poco a poco, si liberava dal torpore del sonno.

« Non è perché siete stranieri... » proferì con il tono di chi detiene la verità e non è minimamente sfiorato dal dubbio. « È perché non lo siete abbastanza!... O, forse, perché lo siete troppo... ».

Si sentì trillare il campanello dell'emporio. Liesbeth e Anna dovevano essere in cucina, a sbirciare attraverso la tendina di tulle. L'agente si avvicinò alla vetrina.

« Non siamo abbastanza stranieri? » ripeté Joseph aggrottando la fronte.

« Oppure troppo!... Non lo siete fino in fondo ... Siete stranieri che si vergognano di esserlo, così come siete protestanti che si vergognano di esserlo... Venite a vivere qui e volete fare come la gente del posto... Scimmiottate le usanze locali, pur sapendo che non riuscirete mai a essere uguali a loro... E la gente se ne accorge... Scommetto che il 14 luglio tirate fuori più bandiere di tutti e al Corpus Domini spargete petali di rosa per la strada... Gli altri ce l'hanno con voi ancor più che se non faceste niente, che se teneste addirittura le serrande abbassate... ».

Tacque un istante. Non sentì nulla. Gli seccava perdersi una parte dello spettacolo, non sapere cosa stesse succedendo tra sua zia e Pipì.

« Se fossimo arroganti sarebbe anche peggio! » protestò Joseph.

Si era quasi ammansito. Dal momento che non si parlava più solo di lui ritrovava il sangue freddo e rifletteva sulle affermazioni di Hans.

« Non si tratta di essere arroganti, ma sicuri di sé!... Come gli ebrei quando si stabiliscono da qualche parte... Non si vergognano né del loro nome né del loro naso... E tanto meno si vergognano dei loro commerci e della loro avidità... È così e basta!... Al diavolo la gente e quello che pensa!... Vivono nella loro comunità e poco male se, per strada, i monelli gli fanno le boccacce... ».

Trasalì. Il campanello trillò di nuovo. Sul marciapiede non si vedeva più l'agente di guardia. Era entrato in negozio. La porta era rimasta aperta. Lo si sentì dire con finta severità:

« Via! Basta... Fuori di qui... ».

« È stata lei a cominciare! » berciò Pipì. « Ha avuto la faccia tosta di rinfacciarmi il corredino che mi ha dato quando è nata la mia povera figlia... Un corredino logoro, che si erano già passati i suoi tre figli... ».

« Fuori!... Avanti!... Niente scandali! ».

« Ah, sarei io a dare scandalo? ».

Il poliziotto la trascinò via e Pipì continuò a strepitare lungo il marciapiede mentre Hans guardava il cugino.

«Visto?».

«Cosa?».

«Sempre la stessa solfa! Tua madre si è messa a piagnucolare, a ricordarle quanto è generosa! È abbastanza caritatevole per dare, ma non abbastanza per dimenticarsene... Siete gente che fa troppo o non abbastanza...».

La cosa più straordinaria era che gli riconoscevano implicitamente il diritto di ergersi a giudice! Joseph lo ascoltava! Lui che solo la sera prima voleva sbatterlo fuori di casa, adesso ci discuteva!

Infatti commentò beffardo:

«In altre parole, meglio essere disonesti fino in fondo!».

«Esatto! Oppure onesti fino in fondo... Ma non si va a bighellonare lungo il canale, con aria furtiva, a spiare le coppie che si baciano nella speranza di intravedere un lembo di pelle...».

Joseph girò la testa dall'altra parte e si scrocchiò le lunghe dita. Dopo un attimo di esitazione disse:

«E mia sorella?».

«Liesbeth?» disse candidamente Hans.

«Sì, Liesbeth...» mormorò Joseph.

Fu assalito da quel turbamento morboso, malsano, che gli faceva tremare le mani quando si toccavano certi argomenti.

«Liesbeth è solo contenta!» dichiarò Hans.

«E poi? In futuro?».

«Prima o poi si sposerà e non avrà più importanza...».

«Il matrimonio?».

«Il matrimonio e il resto...».

«E se il marito lo viene a sapere?».

Hans scrollò le spalle, gettò il mozzicone di sigaretta per strada e ne accese un'altra guardando il poliziotto che tornava dopo aver allontanato Pipì.

Dovevano essere all'incirca le undici del mattino. I martelli del cantiere Rideau battevano con una cadenza rapida e i tram si fermavano ogni tre minuti.

Joseph non sapeva più cosa dire, né come comportarsi. Non sapeva più cosa pensare del cugino che sbirciava di sottecchi ammirandone la sicurezza.

Era affranto. Se avesse potuto sarebbe scoppiato in lascrime, e non solo per la tristezza ma per il disgusto nei confronti di se stesso e di tutto: della gente, della vita, di quello che aveva fatto e di quello che avrebbe voluto fare. Il disgusto di essere, come sosteneva Hans, troppo o non abbastanza...

C'era in questo una terribile, avvilente ingiustizia: da che aveva memoria, aveva sempre cercato di comportarsi bene, si era sforzato di fare come gli altri, meglio degli altri, di essere il più bravo a scuola e un bambino giudizioso e obbediente a casa, di tenere i vestiti puliti e reprimere i suoi istinti malsani...

E adesso eccolo, in veste di imputato davanti a Hans, che era suo coetaneo e lo guardava beffardo, soverchiandolo con il suo serafico cinismo.

Per giunta, si sentiva come un maggiolino attaccato a un filo. Gli sembrava che l'altro seguisse il suo pensiero passo passo per poi ricondurlo a sé al momento giusto.

Non riusciva nemmeno più a odiarlo. Lo subiva. Arrivava quasi a chiedergli consiglio!

« Perché hai raccontato tutto a tua madre? » domandò Hans spaziando con lo sguardo per la stanza, come a ricostruire la scena del giorno prima.

« L'aveva saputo dal commissario... ».

« Che cosa? ».

« Tutto! ».

« Ma che cosa, di preciso?... ».

« La faccenda delle ragazzine che ogni tanto seguivo la sera... Non ho mai avuto il coraggio di abbordarle... Non sapevo cosa dire... Sapevo che sarebbero scoppiate a ridere alla prima parola... ».

« E adesso? ».

«Adesso, cosa?».
«Che cosa farai?».
Hans osservava il cugino. Non si poteva dire che fosse impietosito ma capiva, rifletteva, si sforzava di recitare entrambi i ruoli, di provare quel che provava Joseph, di prevedere le sue reazioni.
«Quando il commissario mi interrogherà, gli dirò la verità».
«Allora sei spacciato».
Aveva usato la parola tedesca: *kaputt!*
«Perché?».
«Perché non ti crederanno».
Hans non aveva nessuna voglia di porre fine a quella conversazione. Si sentiva bene, seduto sul davanzale, con un raggio di sole che gli accarezzava la schiena.
E Joseph sarebbe rimasto sconcertato se di punto in bianco il cugino l'avesse abbandonato a se stesso. Da alcuni minuti, da quando Hans era entrato nella stanza, era cambiato qualcosa. Joseph non era più solo con la sua vergogna, i suoi rimorsi, la sua rabbia, la sua indignazione, con tutti i pensieri e i sentimenti che lo tormentavano da giorni.
Lo rassicurava il fatto che, con Hans, le parole assumevano un significato diverso, quasi evanescente, e i fatti sembravano meno scabrosi, e persino meno gravi. Avrebbero addirittura potuto parlare tranquillamente di Sidonie e del modo in cui si era svolto il dramma!
«Non ti crederanno perché la tua storia è inverosimile. Per la gente, è normale che un giovane abbia delle amanti e non si accontenti di stare a guardare quello che fanno gli altri. Quando spiavi dal buco della serratura me e tua sorella...».
Joseph si arrischiò ad alzare gli occhi, in attesa della domanda.
«Scommetto che non eri così arrabbiato, vero?».
Hans si mostrava indulgente. Era lui a decidere ciò che era buono o cattivo, quello di cui vergognarsi o meno. Si trastullava con i fatti come con la sigaretta che

spostava in continuazione da un angolo all'altro della bocca e che pareva sempre sul punto di cadere.

« Nonostante tutto sei un po' ripugnante... E anche tua madre, in definitiva, visto che non si fa scrupoli a chiedermi un favore pur sapendo che sono andato a letto con sua figlia... ».

Joseph non protestò. Era rimasto intrappolato nell'ingranaggio. Avendo accettato certe frasi, certi giudizi, ormai era costretto a subire il resto.

« Credimi, siete dei tipi strani e anch'io, nei panni della gente del quartiere, vi guarderei male... Zia Maria fa la predica a Pipì ma poi le serve da bere... Perché, in fin dei conti, se nessuno le desse gli alcolici non potrebbe certo ubriacarsi!... ».

Chissà che cosa stavano pensando giù di sotto... Probabilmente, come il giorno prima, quando la zia era in quella stessa camera con Joseph, a tratti Liesbeth e Anna alzavano gli occhi al soffitto chiedendosi se non stesse accadendo qualcosa di drammatico.

Invece non c'era niente di drammatico. Solo la banalissima stanza di uno scapolo. E Joseph, che andava su e giù chinando ogni volta la testa per non urtare la lampada e fermandosi di tanto in tanto davanti al cugino.

E Hans parlava, parlava...

Discorreva a fior di labbra, lasciando fluire le frasi via via che gli venivano, via via che il cugino gliele ispirava.

« Sposerai Marguerite? ».

Eh, già! Marguerite e la casetta che il signor Schoof avrebbe comperato per loro!

Una gabbia graziosa e laccata da dove Joseph avrebbe potuto guardare tutto quello che gli faceva gola.

E tutto gli faceva gola!

Come a Hans.

Solo che Hans non si limitava a guardare! Gli era persino venuta voglia di vivere, per un certo periodo, in una casa come quella dei Krull, di annusarne i buoni odori, di scandalizzare Anna, di spaventare zia Maria, di portare all'esasperazione Joseph, di fare l'amore con una Liesbeth alla quale insegnava le pratiche sessuali più oscene.

Gliene era venuta voglia e l'aveva fatto!

E quando gli fosse saltato l'uzzolo di andarsene da un'altra parte...

«Capisci, Joseph, secondo me sarai sempre infelice...».

«Perché io non sono come gli altri!» sbottò Joseph. «Perché resto sempre e comunque uno straniero! Perché ho una sensibilità diversa! Perché non ho una patria, né dei compatrioti, nessuno che la pensa come me! Perché è come se fossi nato su un'isola e la mia famiglia non è in grado di comprendermi... Come faccio a spiegarlo a mio padre...?».

Hans sorrise. L'idea di spiegare al vecchio Cornélius la faccenda delle ragazzine lo divertiva.

Anche Joseph lo divertiva, con la sua colossale ingenuità, la fissazione di essere una specie di paria, la smania di conformismo, il bisogno di integrarsi in un ordine prestabilito, di sentirsi accettato, confuso nella folla.

«... Mi hanno sempre tenuto in disparte sin dall'asilo...».

«Io lo faccio apposta!» dichiarò Hans.

«Che cosa?».

«A essere diverso dagli altri! È per questo che gli altri mi rispettano... Se fossi venuto a chiedervi educatamente ospitalità, confessando di non avere un centesimo e di non sapere più dove sbattere la testa... E se avessi detto a Liesbeth che era bella e che ero innamorato di lei, invece di buttarla sul letto...».

Poi, girandosi, constatò:

«To', eccola qua...».

Era Germaine, sempre con l'odioso cappello rosso. Un'altra che si prendeva sul serio ed era convinta che fosse arrivato il suo momento! Non appena usciva dal negozio di scarpe raccattava un paio di amiche a caso per andare a tener d'occhio i Krull!

Dopotutto, quella storia riguardava un po' anche lei. Era per merito della sua testimonianza se era stata aperta un'indagine su di loro. Tutta compresa dell'importanza del proprio ruolo, si aggirava davanti alla casa, dimenando le grosse natiche come una matrona, scoppiando in risa sguaiate e sussurrando frasette misteriose all'orecchio delle compagne.

Sidonie era morta e lei, oltre a raccoglierne l'eredità, si era assunta il compito di vendicarla! Aveva ereditato anche alcune amichette dalle gambe gracili che le si aggrappavano al braccio e alle quali bisbigliava consigli più o meno puntuali sugli uomini e sull'amore.

« Scommetto che saresti stato capace di seguire anche lei... » disse Hans, sempre seduto sul davanzale. « Quel che ci vorrebbe a quella là è una bella sculacciata, e quasi quasi sarei tentato di dargliela io... ».

Scoppiò a ridere vedendo la faccia del cugino al pensiero di una simile prospettiva.

« No, Joseph » protestò. « Non è il caso di scaldarsi così appena si parla di un sedere femminile... ».

Adesso Joseph era davvero sull'orlo delle lacrime. Avevano cominciato a tremargli le mani. Era diventato tutto rosso. Non sapeva più che pesci pigliare. Avrebbe voluto supplicare Hans di andarsene immediatamente, ma sarebbe anche stato capace di trattenerlo.

Lo temeva e aveva bisogno di lui. Da quando in quella camera erano in due, da quando le parole erano bastate a dissipare le nebbie, a far svanire le angosce, a rendere di una semplicità disarmante le idee complicate, Joseph paventava la solitudine.

E tuttavia non si dava per vinto. Spiava il cugino, cercava argomenti contro di lui, si sforzava di odiarlo nonostante tutto.

Entrambi si erano dimenticati delle tre donne giù da basso e di Cornélius nel laboratorio con l'operaio.

La stanza era ormai diventata in tutto e per tutto una stanza da studente. Hans gettò per terra il mozzicone di sigaretta, seguì Germaine con gli occhi e scrollò le spalle.

«A prendersi troppo sul serio...» cominciò.

Si interruppe ma vide che Joseph aspettava il seguito.

«E quindi?».

«Niente... Mi sembra che non ne valga la pena...».

Ora era Hans che sembrava perplesso e fissava un punto del soffitto.

A prendersi troppo sul serio... E poi? Come mai era lui, adesso, a provare un senso di nausea? E perché gli era venuta in mente la casetta nuova che il signor Schoof avrebbe acquistato per Joseph e Marguerite?

«Eppure ci sono cose che si è costretti a prendere sul serio!» sospirò Joseph. «Ad esempio, quando si ha un polmone malandato...».

Tesero le orecchie. Avevano appena sentito, o meglio, intuito il fruscio di una sottana per le scale. C'era qualcuno dietro la porta. La maniglia girò.

«Ah, siete qui...» mormorò zia Maria guardando prima l'uno, poi l'altro.

Stentava a nascondere la sorpresa, forse anche l'ansia. Non si aspettava certo di trovare una simile atmosfera nella stanza del figlio.

Hans stava con i piedi posati sul davanzale della finestra, contro la quale si stagliava di profilo. Joseph aveva i gomiti appoggiati sulla mensola del camino, accanto all'orologio fermo sulle dodici meno dieci.

Tutti e due avevano un'espressione seria, ma di una serietà che non aveva niente di tragico, la serietà dei giovani che disquisiscono serenamente di questioni eterne.

Tant'è che Joseph guardò sua madre con stupore, come se notasse per la prima volta alcuni particolari.

«Che c'è?» domandò.

«Niente... Volevo sapere se eravate pronti per il pranzo... È mezzogiorno e mezzo...».

Fremeva dalla voglia di sapere e scrutava ora l'uno ora l'altro. Stavolta, però, il viso del figlio non le fornì il minimo ragguaglio. Joseph era impenetrabile, ostinato, molto più calmo del solito.

Ripiegò su Hans come su un complice, aspettandosi da lui un gesto, un qualsiasi segno di conforto.

Hans guardava fuori dalla finestra, sottraendosi al suo appello.

« Scendete subito? ».

« Arriviamo... » disse Joseph.

Un'occhiata di sua madre al letto. Chiese ancora, meravigliata:

« Hai dormito? ».

« Ho fatto un riposino ».

Aveva la netta sensazione di averli disturbati. Si ritirò, ripetendo:

« Su, venite... ».

Lasciarono che se ne andasse, tendendo l'orecchio al rumore dei suoi passi che si affievolivano giù per le scale. Poi Joseph cercò lo sguardo del cugino.

« Bisognerà pur fare qualcosa » osservò con voce esitante.

Anche lui aspettava una risposta, ma ottenne solo un gesto evasivo. Prima di scendere, Hans si chinò sul quaderno aperto sempre alla stessa pagina e additò l'annotazione a margine: « Basterebbe forse... ».

E sorrise bonariamente, quasi senza ironia.

Scesero l'uno dietro l'altro.

Quando presero posto a tavola le tre donne li osservarono con una certa apprensione, quasi avvertissero che ormai tra loro due si era creato un sodalizio che escludeva il resto della famiglia, anzi forse li coalizzava contro quest'ultima.

Cornélius aveva già cominciato a mangiare, tenendosi la barba con la mano sinistra.

10

Per la prima volta da molto tempo in cucina l'atmosfera era quella, distesa, che tutti conoscevano. Joseph mangiava con naturalezza e lanciando intorno a sé, lui che da giorni non osava più guardare gli altri, occhiate curiose ad Anna, a Liesbeth, a suo padre, come se fosse tornato dopo essere stato via a lungo.

Quel giorno, per l'appunto, c'era la choucroute – strana coincidenza, dato che la facevano di rado – e anche quella avrebbe avuto il suo piccolo ruolo.

Zia Maria aveva intavolato una discussione con Anna a proposito del vestito che aveva intenzione di confezionarsi.

«Dovrebbero essere più che sufficienti due metri e sessanta a doppia altezza...».

«Due altezze occorrono tutte, mamma. E se voglio dare un po' di ampiezza alla gonna...».

Sulla tovaglia, tra le due donne, c'erano i campioni, piccoli ritagli di tessuto chiaro. Liesbeth li aveva tenuti a lungo in mano, sotto la luce, strofinandoli tra le dita.

In quel momento non pensava quasi più a cosa si fossero detti Joseph e Hans per tutto quel tempo.

Ed ecco che la porta dell'emporio si aprì. Il campanello trillò. Zia Maria alzò la testa, e così Hans, che sedeva sempre dal suo stesso lato della tavola.

Come ebbero sbirciato attraverso la tendina, si scambiarono un'occhiata. Gli altri se ne accorsero e guardarono a loro volta.

« Vado io! » annunciò la zia mentre Anna scostava già la sedia.

Erano entrati due uomini, uno dei quali era il commissario di polizia. Quella mattina portava una paglietta e un giacca di alpaca. Grasso, tarchiato, era il ritratto perfetto del piccolo borghese che passa il tempo a guardare i pescatori lungo gli argini.

Il suo compare era una versione meno paffuta, più ingrugnita dello stesso tipo fisico, forse perché soffriva di acidità di stomaco e di mal di fegato.

Si muovevano entrambi con assoluta disinvoltura. Quando arrivò Maria Krull il commissario stava annusando il contenuto di una bottiglia che aveva preso dal bancone e stappato. Così, per curiosità! Doveva aver detto al suo compare:

« Vedrai che strano posto, e che strana gente! ».

Si comportava come se fosse in un paese straniero, pronto a trovare straordinaria qualunque cosa, comprese quelle più banali.

« Desiderate?... ».

« Mi spiace disturbarla, signora Krull. Il signore è il commissario capo. Coordina l'inchiesta riguardo alla faccenda che sapete. Dato che vorrebbe fare qualche domanda a suo figlio... ».

Attraverso la tendina si scorgeva la famiglia immobile intorno al tavolo.

« Desiderate parlare con mio figlio? » ripeté zia Maria con diffidenza.

I due uomini si scambiarono un cenno. Il commissario capo, quello con l'acidità di stomaco, tirò fuori un documento dalla tasca e, senza aggiungere altro, lo porse a Maria Krull.

«Che cos'è?».
«Legga!».
«Non ho gli occhiali».
«È un mandato di perquisizione...».
«Che cosa volete perquisire?».
«Per cominciare, la stanza di suo figlio...».

Maria Krull impiegò un attimo a riprendersi. Poi si decise, e si affrettò verso la porta che dava sul corridoio.

«Da questa parte, signori... Vado ad avvertire mio figlio... Prego, accomodatevi in salotto...».

Il salotto non aveva niente di straordinario. Tappezzeria a fiorellini, mensole ingombre di ninnoli, alcuni in vetro soffiato, un lungo centrino ricamato sul tavolo, un pianoforte...

Eppure i due commissari continuavano a fiutarsi attorno come se fossero capitati in un paese stravagante e, a causa dei crauti, quello con il mal di stomaco, dichiarò:

«C'è odore di crucchi!».

Rientrando in cucina, il primo sguardo di zia Maria non fu per Joseph ma per Cornélius. Il quale, come se niente fosse, si pulì la bocca e si alzò tranquillamente, dirigendosi verso il portapipe per prendere la sua lunga pipa di porcellana.

«Ci sono due uomini per te, Joseph... Li ho fatti accomodare in salotto... Forse è il caso di metterti una giacca...».

Joseph si alzò con molta più calma di quanto ci si potesse aspettare da lui, e gettò una breve occhiata alla famiglia a tavola, come per catturarne un'immagine complessiva e viva.

Lo videro sparire nel salotto ma nessuno fece commenti per via di Cornélius che indugiava ancora in cucina.

Bisognava aspettare. Di norma passavano dieci, dodici minuti prima che tornasse nel laboratorio. Capì forse di essere di troppo? Non disse nulla e, con la pipa tra i denti e il passo lento, se ne ritornò in cortile.

Subito dopo la porta del salotto si aprì. Joseph disse:

« Da questa parte... Vi faccio strada... ».

Seguì il trambusto dei tre uomini su per la scala e poi sul pavimento del primo piano.

Liesbeth cercava invano di intercettare lo sguardo di Hans per chiedergli che cosa stesse succedendo. Anna si era messa a lavare i piatti con fare rassegnato. Zia Maria era sparita.

Il tempo di accendere una sigaretta e Hans se ne andò a sua volta, salì i gradini a quattro a quattro, spinse una porta che non aveva ancora mai oltrepassato: quella della camera degli zii.

Sapeva che comunicava con la camera di Joseph. Non aveva fatto neanche due passi che scorse la zia, in piedi contro la porta comunicante, con un dito sulle labbra.

Allora, senza far scricchiolare il pavimento, continuò ad avanzare e lei gli fece un po' di posto, di modo che i loro visi quasi si toccavano.

« ... I vestiti che portava il 17... ».

Aprendo l'armadio a specchio, Joseph rispose:

« Ho solo questi... ».

Due completi grigi, dello stesso grigio acciaio, troppo larghi, che gli conferivano quell'aspetto allampanato e floscio, quell'andatura ondeggiante.

« Che giorno fate il bucato? ».

Si riconosceva la voce del commissario capo. L'altro, quello più paffuto, si era piazzato sul davanzale della finestra, di spalle alla banchina, nella stessa posizione di Hans la mattina.

« Il lunedì » rispose Joseph.

Faceva impressione sentire la sua voce, perfettamente normale, e saperlo solo con due poliziotti.

«Ovviamente...» grugnì quello dei due che aveva ispezionato da cima a fondo i completi grigi.

Il che significava che non c'era niente, che si aspettava di non trovare niente.

Tra il naso di Hans e quello di sua zia c'erano a malapena dieci centimetri. E, intorno, un ambiente che Hans non conosceva ancora, il più pesante, il più immutabile della casa, un ambiente in cui finanche il minimo oggetto aveva impiegato mesi o addirittura anni per trovare il proprio posto.

Joseph era nato in quella stanza. Che all'epoca era già tale e quale a ora! Per tutta l'infanzia e l'adolescenza aveva visto solo e soltanto cose immobili, sempiterne, arredi che esistevano da così tanto tempo che non si avvertiva più il lavoro dell'uomo, né la materia segata o piallata, mobili che erano diventati *il* letto, *l'*armadio, *la* credenza, *la* poltrona del padre...

«Ho ancora qualche domanda da farle... Si sieda pure...».

Hans immaginò che l'uomo estraesse un foglietto dalla tasca, e non si sbagliava. Il commissario capo non si era tolto il cappello di feltro. Era l'ora peggiore per lui, subito dopo pranzo, e ogni tanto faceva una smorfia.

«Conosce un certo Cloasquin?».

Qui si esulava dall'ambito delle sue conoscenze, ma Hans vide la zia impallidire di colpo e trattenere un moto di rabbia.

Quel nome suonava già di per sé come una minaccia: Cloasquin! Émile Cloasquin!

«L'ho conosciuto a scuola» rispose Joseph, le cui mani avevano cominciato a tremare.

«Nella scuola da cui è stato espulso, se non vado errato...».

E il commissario, dopo aver dato un'occhiata al pezzetto di carta sporco:

«Lei ce l'aveva a morte con Cloasquin, che era figlio del droghiere di place Saint-Léonard. Era più piccolo di lei, più debole. L'ha pedinato per settimane e una sera, mentre passava davanti a un campo incolto, gli è saltato addosso e l'ha buttato a terra, poi l'ha immobilizzato con il ginocchio premuto contro il petto, e a quel punto l'ha stretto alla gola...».

«Avevo undici anni!» obiettò Joseph. Era sconcertante sentire la sua voce.

«In seguito a questo fatto, Cloasquin si è ammalato di itterizia ed è rimasto a letto per un mese, sicché ha perso l'anno».

Era uno strano ragazzino, gracile, biondastro, con una bocca troppo grande e gli occhi piccolissimi.

«Mi aizzava contro tutti i compagni di classe dandomi del crucco...».

Era vero. Il gracile Cloasquin, forte dell'appoggio dei compagni, se la prendeva con quello spilungone di Krull, che lo superava di tutta la testa, punzecchiandolo a ogni ricreazione.

Joseph aveva sopportato pazientemente per mesi, poi, come aveva appena ricordato il commissario, aveva fatto la posta al nemico, l'aveva gettato a terra e l'aveva stretto alla gola ripetendo:

«Chiedi scusa!... Chiedimi scusa e giura di lasciarmi in pace...».

Il commissario con l'acidità di stomaco leggeva placidamente:

«Faccio notare che lei l'aveva stretto alla gola e quello è svenuto. Aveva undici anni, signor Krull!».

Silenzio. Hans vedeva un occhio della zia, a distanza ravvicinata, e la pelle porosa della guancia come attraverso una lente di ingrandimento.

«Un'altra cosa...».

Veniva chiamato in aiuto il foglietto di carta.

«Conosce la Marcotte?».

Nessuna risposta. Joseph aveva accusato il colpo? Stavolta zia Maria non capiva, aspettava il seguito con curiosità.

«Non lo nega?... Dunque ammette di conoscere questa donna che batte ogni sera all'angolo di rue des Carmes... Si è rivolto a lei varie volte e, se non sbaglio, abbastanza regolarmente... ».

La cosa notevole era che Joseph era molto più calmo, molto più a proprio agio con quei due uomini aggressivi che con sua madre o persino con Hans. Studiava il nemico, quello con il cappello di feltro, senza affrettarsi a rispondere, in attesa delle accuse.

« La Marcotte ci ha detto che lei aveva esigenze un po' diverse dal solito... In genere si porta i clienti a casa, nell'impasse des Forgerons... Lei, però, ha rifiutato di seguirla... Ha preteso di farlo all'aperto, in un cantone... Ed è stato così tutte le volte!... Vuole che le legga la sua deposizione? ».

« Non serve ».

« Allora, lo ammette? ».

Un cenno del capo. Joseph era rimasto in piedi. Non li sfidava. Ma nemmeno arrossiva. Sembrava riflettere, cercava di indovinare dove volessero arrivare.

« E due! Conosce Jeanne Aubray? ».

Joseph si sforzò di ricordare e infine mormorò:

« Il nome non mi dice niente... ».

« È la domestica dei Rideau... ».

Una splendida ragazza, sempre discinta, che tutti gli uomini si voltavano a guardare.

« Jeanne Aubray incontra il suo innamorato tre volte alla settimana sulla banchina, vicino alla casa dei suoi padroni... È vero che lei si nasconde sempre in un angolo e l'uomo, un muratore, ha dovuto cacciarla via e ha minacciato di gonfiarla di botte se non la smetteva di fare il guardone? ».

Nessuna risposta. Joseph ammetteva il fatto e Hans continuava a vedere l'occhio immobile della zia.

« E non è finita... Arriviamo a Sidonie... La prima volta che le ha rivolto la parola era con la sua amica Germaine... Quella sera pioveva... Lei seguiva le due ragazzine da un bel pezzo... Loro ridevano sapendo di averla alle calcagna... A un tratto hanno fatto dietrofront... Per un attimo lei è rimasto sconcertato, confuso... Poi ha mostrato un biglietto da cinquanta franchi che stringeva in mano... È esatto?».

Nessuna risposta. L'altro commissario fumava la pipa studiando il giovane con un'espressione divertita negli occhi sporgenti.

«Non è stata l'unica volta che si è comportato così con delle ragazzine... Tirava sempre fuori del denaro...».

Benché provenisse da molto lontano, la voce di Joseph era chiara, anche se monocorde.

«Perché non osavo parlare con loro!...».

«Dica piuttosto che non le interessava corteggiarle come gli altri giovanotti ma voleva arrivare subito al dunque... Ricapitolando: di notte gironzolava lungo il canale alla ricerca di coppiette e, acquattato in un angolo, si divertiva a guardare... Dopodiché, se passava una ragazzina le si parava davanti senza sapere bene che cosa dire, con un'aria da pazzo, come si è espressa una di loro, e se gliene dava il tempo le sventolava del denaro sotto il naso. Salvo poi, come ultima risorsa, andare dalla Marcotte... Quanti anni ha?».

«Venticinque...».

«E non si vergogna di avere simili vizi alla sua età?».

«Sono sempre stato solo...» farfugliò Joseph, come rivolto a se stesso.

E, con grande stupore di sua madre e di Hans, cominciò a parlare con quella voce monotona che aveva assunto.

Non abbassava gli occhi, guardava in faccia il commissario, con espressione seria.

«Da piccolo dormivo già in questa stanza e la casa sulla destra non era ancora stata costruita. Allora c'era un terreno incolto e, addossata contro il muro di casa nostra, una scarpata erbosa che dalla strada non si vedeva per via di un pezzo di steccato... Quasi tutte le sere le coppiette venivano ad appartarsi lì... C'era una donna come la Marcotte che adescava i marinai intorno alle chiatte e li portava lì... Io guardavo dalla finestra...».

«Ed è una buona ragione per continuare a farlo per tutta la vita?».

«Non so... Forse, se non mi avessero preso in giro... Ad ogni modo, non ho mai fatto niente di riprovevole...».

«La sera del 17 era alle giostre, vero?».

«Ci sono passato».

«Ha seguito Sidonie e la sua amica...».

«Le ho viste da lontano...».

«E dopo che cos'ha fatto?».

«Niente. Sono andato a spasso...».

La mano della zia si posò sul braccio di Hans e glielo strinse.

«A che ora è rientrato?».

«Verso le undici... Non ho guardato l'ora, ma alle undici ero sicuramente rincasato».

«In tal caso devo leggerle la deposizione della sua vicina, la signora Guérin, la moglie del falegname...».

Zia Maria si irrigidì e per un attimo sembrò lì lì per aprire la porta, irrompere nella stanza e prendere le difese del figlio.

«... avevo il solito mal di testa che mi viene all'incirca ogni quindici giorni... Sono sicura della data perché era il giorno in cui arriva mia sorella, che abita a Tilly... Alle dieci e mezzo, siccome non riuscivo a dormire, ho preso una compressa e mi sono affacciata alla finestra... Sono tornata a letto una mezz'ora dopo... Sul comodino c'è una sveglia con le lancette luminose, così ho visto l'ora... Il mal di testa non mi era passato... Alle undici e dieci ho preso un'altra compressa e sono tornata alla finestra... Da lì, per via dell'ombra, non potevo scorgere l'argine... D'altronde non c'era nemmeno la luna... Il cugino dei Krull è rientrato per primo... Tornava dal centro camminando lungo il marciapiede... Solo molto più tardi, era appena suonata la mezzanotte e stavo per decidermi ad andare a dormire, ho visto tornare Joseph Krull. Veniva dalla parte del canale...».

Un silenzio più angoscioso. La mano della zia si contrasse sul braccio di Hans.

«Continua a sostenere di essere rientrato alle undici?».

«Sì».

«È disposto a ripeterlo sotto giuramento?».

«Sì».

Poi, subito dopo, con la stessa voce:

«No!».

La stretta si allentò e zia Maria abbandonò per un istante la sua postazione di ascolto perché le stavano per cedere le gambe.

«Tanto vale dire subito la verità... Ho seguito Sidonie e la sua amica... Chissà, forse alla fine ci avrei provato... In quei momenti speri sempre...».

«... che il biglietto da cinquanta franchi faccia effetto!» lo interruppe brutalmente il commissario.

«... che avvenga il miracolo... Che tutto quello che hai immaginato camminando per ore diventi realtà...».

Non provava vergogna, rettificava. Nessuno meglio di lui sapeva come stavano le cose e le diceva apertamente.

«Credo che capiti a tutti di provare una vampata di desiderio vedendo passare una donna per strada, fantasticarci sopra, immaginare nei minimi dettagli...».

«Con la differenza che alle persone normali non succede per ogni donna che passa!».

«È vero!» ammise Joseph. «Forse perché la maggior parte della gente ha dei diversivi. Io...».

No! Era troppo difficile da spiegare! Senza contare che i due commissari vedevano le cose in un'ottica diversa dalla sua, basata sull'artificiale secchezza dei verbali di polizia.

«Quella sera un uomo ha avvicinato Sidonie...».

«Che aspetto aveva?» domandò ironicamente quello con l'acidità di stomaco.

«Non l'ho visto bene... Abbastanza alto, robusto... malvestito, credo... Li ho seguiti...».

«Perbacco!».

«Perché?».

«Niente. Continui...».

«Non ho capito subito che cosa stava succedendo... Ho visto che Sidonie si divincolava, ma non credevo che fosse una cosa seria... Soltanto dopo...».

«A che distanza si trovava?».

«Non so... Una ventina di metri?».

«E ha visto l'uomo trascinare il corpo verso il canale?».

«Sì!».

«E non è intervenuto?».

«No!».

«E non ha pensato di avvisare la polizia? Se n'è andato a dormire bello tranquillo?».

«Tutt'altro che tranquillo!».

«E il giorno dopo non ne ha fatto parola con nessuno, nemmeno con suo cugino?».

Joseph scosse la testa. La verità è che non era mai stato tanto calmo in vita sua. Si sentiva il corpo più leggero, come dopo una purga. Leggero e un po' svuotato, un po' instabile...

«Si rende conto della gravità della sua deposizione?».

«Ho detto la verità. Non sono mai stato capace di mentire».

«Come mai non ha avvertito la polizia?».

«Perché la polizia non ci può soffrire, come del resto l'intero quartiere, come i miei compagni di università, come tutti insomma...».

Il commissario capo lanciò un'occhiata al collega, che alzò le spalle.

«Per un nonnulla ci fanno una contravvenzione, basta anche solo che chiudiamo con un minuto di ritardo...».

«Ha nient'altro da aggiungere?».

«No».

«Saprebbe riconoscere l'uomo che ha ucciso Sidonie?».

«Non lo so».

«Ha parlato con qualcuno di quello che ha visto?».

Joseph ebbe un attimo di esitazione. Zia Maria si era riavvicinata alla porta ed ebbe uno scatto come per suggerirgli la risposta.

«Con nessuno...».

Seguì un silenzio molto più lungo degli altri. I due commissari confabulavano sottovoce nel vano della finestra.

«Per il momento non siamo in grado di prendere decisioni. Spetta al giudice istruttore, che adesso è in campagna. Nel frattempo è pregato di non allontanarsi da casa. Del resto provvederemo a farla sorvegliare...».

La porta del pianerottolo si aprì.

«Ci riaccompagni in salotto...».

Di nuovo i passi dei tre uomini per le scale. Hans e la zia aspettarono che fossero da basso prima di scendere anche loro. Nel corridoio si scontrarono con Joseph che usciva dal salotto e disse:

«Hans, vogliono parlare con voi!».

Il commissario con la giacca di alpaca giocherellava con i soprammobili, oggetti di un'estrema banalità, di quelli che si vincono alle pesche di beneficenza, che tra le sue dita grassocce acquistavano un carattere esotico.

I due uomini osservavano la casa come se non ne avessero mai vista una simile, come se tutto quanto, le cose e le persone, fosse sospetto.

«Lei è Hans Krull, di Emden?».

«Sì, commissario».

«Mi dia il suo passaporto... Grazie! Lo trattengo...».

«Ma....».

«È entrato in Francia senza visto e sono costretto a trasmettere i suoi documenti alla Pubblica sicurezza...

Finché non sarà presa una decisione le proibisco di lasciare la città...».

«Va bene, commissario....».

«Chiami la signora Krull...».

Questa, che ascoltava dietro la porta, entrò subito.

«Quanto a lei,» dichiarò il commissario capo con uno sguardo arcigno «le consiglio maggiore cautela onde evitare il ripetersi di incidenti come quello di stamattina...».

«Ma, commissario, è stata quella donna a...».

«La prego di evitare incidenti... Se quella donna dà scandalo quando è ubriaca, basta non darle da bere...».

Cercando l'uscita, sbagliò porta ed entrò in cucina dove Anna aveva steso sul tavolo il cartamodello di un vestito e Liesbeth, seduta davanti a lei, parlava a voce bassa.

Il commissario sembrava pensare:

«Che strana casa!».

Joseph era tornato in camera sua. I due uomini passarono per l'emporio e zia Maria li seguì, sforzandosi inutilmente di dire qualcosa per alleggerire l'atmosfera.

Il commissario capo si fermò un attimo davanti al bancone di zinco e diede un buffetto al beccuccio di stagno in cima a una bottiglia.

«Se non si vogliono avere grane non si tiene una mescita...».

Quando se ne furono andati, Maria Krull osservò casa sua con occhi nuovi, in cerca di una magagna. Anche la cucina, chissà perché, aveva urtato i poliziotti! Anche l'odore! Anche il salotto!

Mancò poco che si guardasse allo specchio per cercare di scoprire che cosa ci fosse in lei che giustificasse la loro villania.

«Che cos'hanno detto?» chiese Anna con gli spilli tra le labbra.

«Niente... Non ti preoccupare... Dov'è tuo padre?».

«Nel laboratorio...».

«Non ha chiesto niente?».

Nel frattempo attizzava la stufa. C'erano molte cose da fare, ma non subito. Prima occorreva ritrovare la calma. Anche Joseph, di sopra, aveva bisogno di calmarsi. Quanto a Hans, era evidente che nemmeno lui avvertiva l'esigenza di una spiegazione immediata.

All'improvviso la casa sembrava fredda, quasi senza vita, come se fosse stata percorsa da un'impetuosa corrente d'aria. Gli angoli più intimi, gli oggetti familiari erano diventati irriconoscibili.

Chissà che cos'aveva di tanto speciale e perché suscitava sentimenti ostili nella gente...

Bisognava innanzitutto aspettare che il clima tornasse alla normalità e la famiglia riprendesse la vita di tutti i giorni.

« Non fai gli esercizi di piano, Liesbeth? ».

Lo diceva di proposito! Una volta che ci fosse stata la musica, come gli altri giorni... Ma era il caso? Sarebbe stato interpretato come una sfida o, al contrario, come una prova di innocenza?

« Dici, mamma? ».

Zia Maria guardò Hans, il quale disse:

« Ma sì... Certo... ».

Era importante trovarsi subito qualcosa da fare, smetterla di girare per casa come falene impazzite, scambiandosi occhiate sgomente. Joseph aveva detto quello che aveva da dire. Forse non aveva avuto torto. Non restava che aspettare e vedere che cosa sarebbe successo.

E piantarla di guardare verso la banchina! Bisognava pensare ad altro.

« Vuoi che ti aiuti? » propose Maria Krull alla figlia. « Portami gli occhiali. Stai misurando tutto storto... ».

Le note del pianoforte risuonarono come al solito. Hans prese il giornale con l'intenzione di andare a leggerlo in cortile, al sole. Ma si era appena accomodato sulla sedia vicino alla soglia che l'operaio venne a chiamarlo:

« La vuole il padrone... ».

Fu un colpo. Si faceva fatica a immaginare il taciturno Cornélius che convocava qualcuno nel suo laboratorio.

Eppure era così! Il vecchio se ne stava al solito posto, sulla seggiola bassa con le gambe segate, e una cesta quasi finita in grembo. Anche l'operaio tornò al suo posto, come se, da tempo immemore, la sua presenza fosse scontata. Il fatto che fosse gobbo, che lo zio somigliasse a san Giuseppe, il silenzio del laboratorio, l'aria fresca, il riquadro assolato della porta conferivano alla scena una strana solennità.

«Dovete andarvene, Hans...» dichiarò lo zio mentre il giovane si sedeva sulla sedia che utilizzava sempre durante le sue frequenti visite.

«Andarmene? Ma perché?».

«Dovete andarvene...».

Allora successe questo: Hans, che faceva il furbo con tutti, davanti al vecchio impassibile reagì come un ragazzino impacciato.

«Dove volete che vada? Che cosa dirò a mio padre se torno a Emden?».

Capì istintivamente che sbagliava a parlare così, ma non sapeva perché. Senza aprir bocca, Cornélius infilò la mano nella tasca del grembiule blu e ne tirò fuori una vecchia cartolina che porse al nipote. Era scritta in tedesco e risaliva a quindici anni prima. Sotto il testo era incollato un trafiletto del giornale di Emden che riferiva della tragica morte di Peter Krull.

Cornélius non guardò nemmeno il nipote per constatarne le reazioni. Solo l'operaio, incaricato come l'arcangelo di eseguire la volontà del Signore, aveva gli occhi fissi sul giovane che si sforzava di sorridere.

«Vi chiedo scusa... Devo confessarvi tutto... Non sapevo più dove andare... Mi perseguitavano per le mie opinioni politiche e rischiavo di finire in un campo di concentramento... Dato che non mi conoscevate vi ho parlato di mio padre... Ho mentito...».

«Dovete andarvene...» ripeté l'altro senza smettere

di lavorare, con un'ostinazione che lo rendeva ancora più simile a un santo gotico.

« Ma, zio Cornélius... ».

Per la prima volta dopo molto tempo, Hans aveva perso il suo sangue freddo e un leggero rossore gli salì alle guance. Ritrovava, nello zio, qualcosa del padre, un che di indefinibile, una specie di testarda compostezza, di pacata caparbietà che aveva portato l'altro Krull a quell'arzigogolato suicidio.

Quando era piccolo, suo padre gli diceva con lo stesso tono:

« Mangia gli spinaci! ».

Non alzava mai la voce. Non minacciava, non si arrabbiava mai. Ripeteva la stessa frase tre volte, se necessario, e alla fine lui obbediva.

Era impossibile sapere che cosa gli passasse per la testa... Così come, adesso, era impossibile sapere quali pensieri rimuginasse Cornélius dietro quella fronte di avorio ingiallito...

La cartolina che gli aveva mostrato era di Bisschoff, il fabbricante di bambole che abitava a Emden, proprio accanto alla vecchia casa dei Krull, la prima, la botteguccia da calzolaio. Erano dunque quindici anni che Cornélius sapeva!

E non aveva detto niente a nessuno. Evidentemente gli era parso inutile informare la famiglia, che non lo conosceva, del suicidio del fratello.

E non aveva detto niente a Hans quando si era presentato alla sua porta...

Chissà che altro sapeva e taceva... E a che cosa pensava tutto il giorno, nel laboratorio, accanto al suo arcangelo gobbo...

Che cosa aveva capito del dramma che si svolgeva in casa e del quale tutti lo credevano ignaro?

« Dovete andarvene... ».

« Non posso partire subito... La polizia mi ha requisito il passaporto... ».

« Dovete andarvene... ».

« Non ho soldi... Ascoltate, zio... ».
Hans si abbarbicava alla casa. Non voleva andarsene! Preso dal panico, si sforzava di trovare argomenti, ostinandosi a cercare di commuovere quell'uomo impassibile, perdendo ogni ritegno e ignorando deliberatamente la presenza del gobbo che sentiva tutto.

« Se mi mettete alla porta mi scorteranno alla frontiera tedesca... Finirò in prigione... Non ve l'ho detto, ma sono ricercato dalla polizia... ».

Non era vero. Inventava via via dei pretesti.

« Non vorrete mica che il figlio di vostro fratello venga sbattuto in prigione per furto... Ascoltate, zio... ».

« Dovete andarvene... ».

« Ma quando? Vi ripeto che non mi lasceranno partire, il commissario si è preso il passaporto... Vi ho mentito, è vero... Ma che altro vi ho fatto di male? ».

« Dovete! ».

La logica altrui, la pietà come la intendevano gli altri non lo riguardavano. Cornélius aveva una logica tutta sua, misteriosa quanto quella del padre di Hans. E non solo la logica! Che uomo era, per passare la vita in quel laboratorio, recluso più ancora che in un chiostro, quasi estraneo alla sua stessa famiglia che osava a malapena rivolgergli la parola?

« Devo confessarvi una cosa seria, zio... Se mi mandate via condannerete Liesbeth all'infelicità... ».

Nessuna risposta. Pazienza! Hans era deciso a restare. Non era ancora giunto il momento di andarsene. Il dramma non era finito. E lui doveva assistervi fino alla fine...

Come a Düsseldorf!... Gliene aveva parlato... A casa di sua cugina che aveva una profumeria... Il marito lavorava nelle ferrovie, portava un'uniforme blu scuro... E c'era un violinista che suonava in una vicina *Konditorei* e passava di lì tutti i giorni alla stessa ora...

A Hans piaceva l'atmosfera del negozio dipinto in toni pastello, rosa e azzurro. Si crogiolava in quell'ambiente femminile, soprattutto nel retrobottega dove lavorava una manicure dagli occhi vispi.

Ma con lei non ce l'aveva mai fatta. La ragazza era pazzamente innamorata di un semplice poliziotto che era spesso di guardia all'angolo della strada e con il quale andava a ballare la domenica.

Hans era contento di fare da intermediario tra la cugina, una bionda piuttosto scialba, e il musicista. Si incaricava di recapitare i bigliettini. Spingeva l'uno tra le braccia dell'altro. Era un inverno con molta neve.

Il violinista era andato in profumeria varie volte di pomeriggio e Hans sorrideva vedendolo salire di soppiatto nell'appartamento.

Poi, una notte, sua cugina si era svegliata di soprassalto mentre il marito le tagliava i capelli. Lì per lì non capì. Per un attimo credette che gli avesse dato di volta il cervello, dato che normalmente era un uomo tranquillo.

« Non muoverti! » le aveva ordinato mostrandole una rivoltella posata sul comodino.

Le aveva rasato i capelli a zero.

« Vedrai la faccia che farà il tuo amante vedendoti conciata così... Levati la camicia... Levati la camicia... ».

Probabilmente lo diceva con lo stesso tono in cui Cornélius ripeteva:

« Dovete andarvene... ».

E poi:

« Adesso scendi!... Apri la porta!... Ti ho detto di aprire la porta!... Bene! Ora vai da lui... Fila!... ».

L'aveva sbattuta fuori di casa, completamente nuda, con il cranio rasato, in una notte di dicembre. Poi era andato da Hans, che dormiva al piano di sopra, in quella che una volta era la stanza della servitù.

« Alzati! ».

Gli aveva mollato due ceffoni, senza livore, solo con disprezzo.

« Vattene! ».

«Ascoltatemi, zio... Io e Liesbeth ci amiamo...».

Cornélius non batté ciglio e continuò a intrecciare il vimine immacolato.

«Se vado via, sarà infelice, la sua vita sarà distrutta...».

Al diavolo! Sarebbe andato fino in fondo. Non voleva lasciare quella casa!

«Vi dirò tutto... Io e Liesbeth siamo amanti... Perciò...».

Avrebbe giurato che lo zio sapeva. Dunque sapeva tutto?

«Andate via...».

«Oggi?».

«Andate via...».

«Datemi tempo almeno fino a domani... Devo chiedere indietro il passaporto al commissariato... Me lo consentite, vero?... Vi prometto che domani...».

Piagnucolava come un bambino piccolo. Non riusciva a guardare in faccia lo zio. Non aveva più un briciolo di decoro.

«Vi prometto che domani...» ripeteva senza ben sapere quel che diceva.

Si alzò. Non aveva ancora incrociato lo sguardo del vecchio. Indietreggiò fino alla porta lanciando un'occhiata piena di astio all'operaio.

In corridoio fece un movimento come per scrollarsi un peso di dosso. Poi, avvicinandosi alla porta della cucina, si sforzò di fischiettare ed entrò solo dopo aver riacquistato l'abituale disinvoltura.

11

Benché fossero tutti sul chi vive, pronti, ormai da giorni, a fiutare il minimo incidente, al punto da spiarsi a vicenda, il fatto passò quasi inosservato. In ogni caso, lì per lì nessuno ne immaginò le conseguenze.

Il campanello dell'emporio aveva suonato. Maria Krull, che era in cucina, aveva gettato un'occhiata attraverso la tenda e, prima di entrare in negozio, aveva posato le forbici sul tavolo. Anna, intenta a lavorare con lei, aveva intravisto una cliente, la moglie di un marinaio, con un bambino in braccio e altri aggrappati alla sottana, e non ci aveva fatto caso più di tanto.

« Che vuoi, Louise? » sospirò Maria Krull mettendosi dietro al bancone.

Aveva ripreso il suo solito tono, un tono triste e dolente. Sembrava dire guardando la cliente:

« Povera ragazza! Sempre malandata! Per non parlare dei bambini ... ».

Il che del resto corrispondeva al vero. Louise era la moglie del marinaio della mattina, quello con i baffi umidi e lo sguardo strafottente che aveva rovesciato il pernod in negozio.

Sfornava un figlio all'anno. Ne avrà avuti una decina, tutti con la stessa aria da cane bastonato, la stessa ebete rassegnazione. E lei, la madre, aveva sempre una spalla più alta dell'altra, poiché teneva perennemente in braccio l'ultimo nato.

«È vero che è venuto a fare una scenata?» esordì, per buona creanza.

«Sai com'è fatto... Era già ubriaco...».

Zia Maria conosceva quasi tutta la gente del canale. Certi si facevano indirizzare la posta presso di lei: appesa vicino al bancone c'era una bacheca piena di lettere. Maria Krull sapeva dov'era diretto ciascuno e cosa caricava. E anche quando avrebbe incassato del denaro.

«Dammi cinque chili di farina».

Senza battere ciglio, Maria Krull pesò la farina bianca in un grande sacchetto di carta e prese dal cassetto il grosso quaderno chiuso con l'elastico dove segnava i conti dei clienti.

«Vorrei anche cinque chili di fagioli e cinque chili di piselli secchi...».

Maria Krull aggrottò la fronte. Tuttavia pesò di nuovo e si attenne alle buone maniere fino a dare una caramella a ogni bambino.

«Paghi?».

«No! Ripassiamo la prossima settimana a scaricare...».

Zia Maria annotò a matita viola la farina, i fagioli e i piselli in fondo a una lunga colonna.

«Aggiungi anche dieci scatole di sardine...».

Fu quella la scintilla che diede origine all'incendio. Maria Krull reagì automaticamente, come avrebbe fatto in un giorno qualsiasi. Alzò la testa, sorpresa, e disse in tono asciutto:

«Le ho finite, cara mia!».

Passi fare credito a Louise per farina e legumi, ma non per derrate di lusso che lei stessa non mangiava!

«Ne vedo là, sullo scaffale».

«Quella è merce da esposizione».

« Dici così perché non vuoi darmele, vero? ».

Louise non era cattiva, ma era stupida. E succube del marito. Anche in quel momento non protestò. Sfilò un foglietto dal portamonete e ammise:

« Ho qui la lista che mi ha dato: candele, amido, tre taniche di petrolio... ».

« Be', vai a dire al tuo uomo che se vuole fare provviste cominci a saldare gli arretrati... ».

Per alcuni istanti Louise restò immobile in mezzo all'emporio a guardare Maria Krull come in attesa di qualcosa. Poi si diresse verso l'uscita borbottando:

« Mi picchierà un'altra volta! ».

Dalla vetrina zia Maria la vide attraversare il terrapieno con passo strascicato, e bofonchiando tra sé richiuse il quaderno con l'elastico e lo rimise nel cassetto.

Poco dopo Anna e sua madre erano di nuovo chine sul cartamodello del vestito; Liesbeth continuava a suonare il piano. Di Hans non c'era traccia: doveva essere salito in camera sua.

Lungo il canale, all'altezza delle chiatte, si era formato un gruppetto di uomini, come succede sempre quando ci sono varie imbarcazioni ormeggiate vicine. Gli occupanti di una grossa chiatta a motore approfittavano della sosta forzata per fare il bucato.

Louise si avvicinò con i bambini. Suo marito si staccò dal gruppetto, apostrofandola:

« Allora? E le provviste? ».

« Non ha voluto darmele... ».

« Eh? Cosa? Ha rifiutato di servirti? ».

« Ascolta... ».

Macché! Lui non voleva ascoltare un bel niente. Sapeva che la moglie avrebbe tirato in ballo i soldi e preferiva evitare l'argomento. Prese gli altri a testimoni.

« Avete sentito? Adesso si rifiutano di servire la gente! ».

In quel momento Hans era alla finestra. Vide la scena da lontano ma non le attribuì nessuna importanza. Era uno spettacolo come se ne potevano osservare tutti i giorni lungo il canale: uomini in zoccoli, donne sulle chiatte, bambini che si rincorrevano come cagnolini intorno a un mucchio di mattoni, il tutto circondato dal verde degli alberi e, in primo piano, il tram giallo che scampanellava.

Quello che invece sorprese Hans fu scorgere dalla sua postazione il signor Schoof e Marguerite che si avvicinavano lungo il marciapiede. Aveva dimenticato che era giovedì, il loro giorno di visita. Non si era accorto che erano già passate le sei, dato che il giovedì gli Schoof chiudevano il negozio alle sei per andare a trovare i Krull.

Anche Anna fu colta alla sprovvista. Sentendo suonare il campanello dell'emporio, dopo aver gettato un'occhiata attraverso la tendina, mormorò:

« Ma guarda! Già le sei e dieci... E devo ancora mettere le verdure sul fuoco!... ».

Poco dopo gridava nella tromba delle scale:

«Joseph!... Joseph!... C'è Marguerite... ».

Da laggiù, dall'argine del canale, tre uomini astiosi, tra cui il marito di Louise, si incamminarono verso la casa dei Krull.

In primo luogo, Louise non aveva precisato che, se non avevano voluto servirla, era perché c'erano tre mesi e più di arretrati. Inoltre aveva taciuto il fatto che le avevano dato la farina, i fagioli e i piselli.

E poi era una brutta giornata. I marinai erano già maldisposti per via della chiusura del canale che rischiava di protrarsi per settimane. Ad aggravare ancor più il cattivo umore era il fatto che l'incidente fosse avvenuto alla chiusa di Tilly, come tutti loro paventavano da tempo.

E poi non vi era chi non fosse più o meno in debito con i Krull: il nome di ciascuno era scritto a matita viola nel quaderno con l'elastico.

« Non può rifiutarsi di servire la gente... ».

Si aizzavano l'un l'altro, tanto per ingannare il tempo. I tre uomini attraversarono il terrapieno, sotto gli alberi, come aveva fatto il marito di Louise quella mattina, con la soddisfazione di sentire puntati su di sé gli sguardi degli altri.

Il poliziotto di guardia, a una trentina di metri di distanza, li vide arrivare e si avvicinò per ogni evenienza. Era un agente giovane, pallido pallido e con un kepì troppo grande che gli calava sulla fronte.

Arrivò davanti alla soglia contemporaneamente ai tre uomini. Uno di loro si rivolse al tutore dell'ordine:

« Dica un po', un commerciante può mica rifiutarsi di servire un cliente? ».

Invece di rispondere, il poliziotto mormorò:

« Avanti! Circolare! Non facciamo storie... ».

« Scusi! Potrebbe anche essere più gentile, tanto per cominciare! Il marciapiede è di tutti, e se le chiedo un'informazione lei è tenuto a rispondermi... ».

« Non alzi la voce... Circolare... ».

Non gli avevano forse ordinato di evitare assembramenti davanti alla casa?

« Circoleremo dopo... Adesso abbiamo bisogno di procurarci della merce e se rifiutano di servirci pretendiamo che lei intervenga... ».

« Prego, circolare... ».

Qualche passante si fermò, credendo che si trattasse di ubriachi, cosa che in effetti in parte era. Gli altri marinai, che seguivano la scena a distanza, avanzavano adagio, senza fretta. Potut, con indosso un cappotto pesante che portava sia d'inverno che d'estate, era sdraiato su una panchina e dormiva con la testa posata sul braccio ripiegato.

« Che succede? » domandò il signor Schoof in cucina, sentendo dei rumori.

« Non lo so... Saranno i soliti ubriachi... ».

Hans si affacciò alla finestra.

« Non vorrà impedirmi di entrare! » dichiarò il marito di Louise. « Un negozio è come la strada. Chiunque ha diritto di entrare a comprare... ».

E cercò di passare.

Il poliziotto, a sua volta, commise un errore. Si portò il fischietto alle labbra e produsse un suono stridulo per avvisare il collega di guardia all'incrocio vicino.

Al suono inconfondibile del fischietto della polizia qualche curioso si affacciò alle finestre e alcuni sfaccendati si fermarono.

Come prescriveva il regolamento, il collega arrivò di corsa. E, vedendo correre un agente in uniforme, si poteva presumere che si trattasse di qualcosa di grave, un delitto, un furto o un arresto.

«Avanti! Circolare!... Altrimenti, vi avverto, sarò costretto a portarvi al commissariato...».

«Voglio proprio vedere!...».

«Tra poco lo vedrete...».

L'altro agente arrivò trafelato.

«Sostituiscimi un momento qui, che io porto questo tizio al commissariato...».

«Intanto non sono un tizio!».

«Avanti!... Seguimi o ti faccio una multa...».

La vicina, la signora Guérin, era sulla soglia di casa. Louise attraversò di nuovo il terrapieno, sempre con il bambino in braccio e gli altri due ancora attaccati alla sottana.

«Vieni con me, Désiré!» gridò il marito a uno dei compagni facendo il bullo. «Gliene dirò quattro al commissario...».

Il secondo agente ignorava l'accaduto e, mentre il gruppetto dei tre uomini si allontanava, continuò a ripetere senza convinzione:

«Circolare!... Non c'è proprio niente da vedere...».

Anna aveva appena finito di apparecchiare e aveva gridato in corridoio:

«È pronto!».

Quello che più stupì il signor Schoof, in quel momento, fu vedere Hans scendere e mettersi a sedere con gli altri. L'ometto si agitò sulla sedia e guardò i presenti uno per uno, come per ottenere una spiegazione. Ma Maria Krull guardava fuori, mentre Cornélius, nella sua poltroncina di vimini, borbottava:

« Sarebbe meglio chiudere... ».

Non c'era ancora niente di preciso. Si scorgeva, di spalle, l'uniforme dell'agente. Si intravedevano dei capannelli, dei passanti fermi, la maggior parte dei quali non aveva nemmeno idea di che cosa si trattasse. Chiedevano:

« Che succede? ».

E qualcuno rispondeva:

« Non lo so... ».

Oppure:

« Si sono rifiutati di servire un marinaio... ».

La zia, con la fronte aggrottata, domandò:

« Dite che è il caso di chiudere il negozio? ».

Non avrebbe saputo spiegare perché, ma le sembrava un errore. Suo malgrado si voltò verso Hans, come per chiedergli consiglio.

Allora Cornélius – e non era una cosa che gli capitava spesso – ripeté senza alzare la voce, come una nenia:

« Sarebbe meglio chiudere... ».

Maria Krull si alzò, riannodandosi il grembiule. Hans la anticipò e si affrettò a dire:

« Vado io, zia... ».

« Ma... ».

Hans era già nell'emporio. La serranda della vetrina si abbassava dall'interno, girando una manovella che faceva un rumore particolare.

Il signor Schoof ne approfittò per mormorare all'orecchio di Maria Krull:

« Cosa intendete fare? ».

Si riferiva a Hans. Non riusciva a capire come mai quel bugiardo che gli aveva spillato cinquemila franchi fosse ancora là, a tavola con gli altri. E capì ancor meno la risposta della zia:

« Cosa vuole che facciamo? ».

Lui non viveva in quella casa dalla mattina alla sera.

Non poteva sapere. Era a disagio, continuava a guardare gli altri nella speranza di ricevere una spiegazione.

Il baccano della serranda che veniva abbassata a un'ora insolita ebbe un po' lo stesso esito del colpo di fischietto dell'agente. Tutt'a un tratto, l'assembramento all'esterno assunse un'aria minacciosa. Nessuno sapeva che cosa stesse accadendo, ma adesso era evidente che stava accadendo qualcosa e dieci case più in là la gente uscì per andare a vedere.

Non avevano pensato che, con la serranda abbassata, si poteva ancora leggere la scritta «A morte!» nonostante gli scarabocchi con cui l'avevano ricoperta.

La porta a vetri si chiudeva con un'imposta esterna che bisognava agganciare. Proprio mentre Hans stava per farlo, zia Maria ebbe un impulso, forse un'intuizione, e chiamò:

«Hans!».

In quel preciso istante si udì un gran fracasso. Il vetro della porta fu infranto da un sasso lanciato dalla strada, che centrò in pieno la réclame della Liscivia Reckitt.

Joseph, pallido come un cencio, scattò in piedi, restò immobile per alcuni secondi, con le mani tremanti, poi tornò a sedersi, senza che nessuno avesse fatto caso a lui. Cornélius, chino sul suo piatto, non si mosse. Il signor Schoof balbettò:

«Che cos'hanno?».

Da fuori, la voce di un ragazzino strillò:

«Ladri!».

La cosa più straordinaria fu che rimasero tutti seduti a tavola, non per una scelta deliberata, ma soltanto perché nessuno accennò ad alzarsi.

Un secondo sasso attraversò l'emporio, andando a colpire la porta della cucina. Intanto Hans fissò l'imposta con il gancio e chiuse precipitosamente la porta, cosicché non si udì più che un rumore indistinto.

Passò un tram, accompagnato dal solito frastuono. Di punto in bianco, in cucina fu buio come al crepuscolo e Anna, con gesti automatici, si mise a sparecchiare.

Fu allora che Maria Krull notò l'atteggiamento di Cornélius. Continuava a rimanere immobile, con lo sguardo fisso sulla tovaglia, senza tradire alcuna emozione. All'improvviso, però, sembrava più vecchio. Se ne stava lì, impietrito, in silenzio, e nessuno sapeva che cosa pensasse.

« Dove andate, Hans? ».

« Di sopra, a vedere... ».

Non lo trattennero. Quando fu per le scale, tutti rimasero sorpresi nell'udire la voce di Cornélius:

« Gli ho detto di andarsene... ».

Joseph era livido. Le mani, sudate, non smettevano di tremare. Guardò tutti quanti intorno al tavolo, con un accenno di spavento negli occhi. Forse era l'unico a capire il reale significato dei rumori all'esterno.

« Cos'è stato? » fece Maria Krull trasalendo di colpo.

« In salotto... » balbettò Liesbeth.

Non avevano pensato alle due finestre del salotto dove le persiane non erano state chiuse. Un vetro era appena andato in frantumi. Aprendo la porta, zia Maria vide un mezzo mattone sul tavolo.

« Anna!... Vieni ad aiutarmi... ».

Ci si sarebbe aspettati che, essendo un uomo, Joseph si alzasse per andare lui ad aiutare la madre. Ci aveva pensato. Si sforzò ma rimase dov'era, in un bagno di sudore, con il pomo d'Adamo che andava su e giù.

« Arrivo, mamma... ».

Madre e figlia non videro quasi niente. Il tempo di chiudere frettolosamente le due persiane: alcune sagome, delle facce attraverso le tende, l'agente che cominciava a perdere il proprio sangue freddo e aspettava con impazienza che tornasse il collega.

Non osava andare a telefonare per chiedere rinforzi. Se ne stava ritto là davanti, addossato alla porta. E ripeteva con ostinazione:

« Circolare!... Non c'è niente da vedere... ».

In quanti erano davanti alla casa? Forse una trentina

di persone! Gli altri, i vicini, si tenevano a distanza sul marciapiede.

Il grosso della folla era costituito da marinai, alcuni dei quali non avevano idea di che cosa stesse succedendo, esattamente come i passanti.

Era l'ora dell'uscita degli operai dai cantieri Rideau. Questi sfilavano in bicicletta, si fermavano, chiedevano ruvidamente:

«Che cosa gli fanno?».

E si fermavano lì, con le biciclette che ingombravano la strada, a guardare la facciata. I bambini si rincorrevano tra le gambe della gente. Ormai era impossibile dire chi avesse tirato i sassi.

«Sarebbe il caso che gli Schoof se ne andassero...» disse Maria Krull alla figlia mentre erano ancora in salotto.

«Bisognerebbe dirglielo...».

Erano rimasti in cinque a tavola: Cornélius, Joseph, il signor Schoof, sua figlia e Liesbeth. Si sarebbe detto che non si azzardassero ad alzarsi, per paura di quello che sarebbe accaduto una volta che avessero abbandonato la loro immobilità.

Anna ritornò. La zia, invece, era salita di sopra. Hans era entrato nella stanza di Joseph, al primo piano, e stava alla finestra, dietro la tenda.

La zia gli si avvicinò per guardare anche lei, ma vide solo dei capannelli sparsi, come in attesa di qualcosa.

«Che cosa vi ha detto Cornélius?» gli domandò sottovoce.

«Che devo andarmene...».

Lei continuò a guardare fuori, seguendo il filo dei suoi pensieri:

«Ci avete fatto male abbastanza!».

Poi, voltandosi di scatto:

«E tu che ci fai qui, Liesbeth?».

«Ma, mamma...».

«Scendi... Resta con tuo padre...».

Erano in troppi. Sarebbe stato meglio allontanare

almeno gli Schoof, che si ritrovavano invischiati in una situazione che non capivano e li gettava nello sgomento.

Il signor Schoof non sapeva come dire a Cornélius:

« Ho sempre pensato che sbagliavate a ospitare quel ragazzo... ».

Naturalmente Cornélius non apriva bocca, non muoveva un muscolo. Marguerite guardava Joseph con occhi sgranati e supplici.

E intanto la zia diceva a Hans, in un sussurro, sfiorando la tenda con la mano:

« Mi chiedo che cosa succederà... ».

La gente per strada era all'oscuro di tutto. Si vedeva qualcuno ridere. Altri, dopo essersi trattenuti per un po', se ne andarono alzando le spalle.

Forse non sarebbe successo niente se qualcuno non fosse andato ad avvertire Pipì in un bistrot di rue Saint-Léonard, dove aveva già bevuto parecchio.

La videro arrivare da lontano, più sciamannata che mai, fuori dalla grazia di Dio. Era consapevole di essere il personaggio principale: si fece largo a gomitate, piantandosi nel bel mezzo della folla, con le mani sui fianchi, e sbraitò mostrando il pugno:

« Allora, è vero che li arrestano? Delinquenti! Assassini! ».

Un signore benvestito, con tanto di bombetta, scambiandola per una ubriacona qualsiasi, probabilmente la zittì e a quel punto Pipì se la prese con lui. Aveva bisogno di una spalla e l'aveva trovata. Strepitò:

« Cosa?... Niente scenate?... Fa presto a parlare, lei!... Non le hanno mica ammazzato la figlia, quelli là!... Allora stia zitto!... ».

Ci fu qualche altra risata, qualche sorriso, ma meno di prima. La gente si avvicinava per sentire meglio, per vedere meglio.

« È stato proprio là, di fronte a casa loro!... Dei tedeschi! Non avrebbero dovuto permettergli di stabilirsi in Francia... E lui, quel mascalzone, il loro Joseph, che andava dietro a tutte le ragazzine del quartiere... Se penso che sua madre mi ha offerto dei soldi perché tenessi la bocca chiusa... ».

E, guardandosi intorno con aria di sfida:

« Proprio così! Mi ha offerto dei soldi... Andate a chiederglielo se non è vero!... L'ho raccontato persino al commissario... ».

Hans guardò sua zia. Era pallida. Non protestò.

Era vero che aveva supplicato Pipì di smetterla di chiamarli in causa. Le aveva rammentato il corredino che le aveva regalato, i crediti che le aveva abbonato, i regali di capodanno...

Alla fine aveva farfugliato:

« Lo sai che sono una persona di buon cuore, non lo dimenticherò... ».

E l'altra, per strada, stava appunto dicendo:

« Mi ha detto che era una persona di buon cuore, che non lo avrebbe dimenticato... ».

L'agente, incollato alla porta, non osava intervenire, se ne stava voltato verso l'angolo del marciapiede, in attesa del ritorno del collega, e quando lo vide arrivare con un brigadiere si azzardò solo a dire:

« Circolare!... Avanti!... Circolare... ».

Nessuno badava più a lui. Per via delle oscenità che urlava Pipì una madre ordinò alla figlioletta:

« Vai a giocare, tu!... Non è un posto adatto alle ragazzine... ».

Il brigadiere volle subito mostrarsi zelante e si precipitò sul gruppetto.

« Allora, vogliamo finirla?... Tu, Pipì, se non stai zitta, ti sbatto dentro... Avanti!... Non voglio vedere più nessuno sul marciapiede... ».

Si avvertì nettamente il movimento della folla che arretrava, ma durò solo alcuni secondi: subito dopo la gente venne sospinta in avanti, si levò qualche protesta, soprattutto quando il brigadiere afferrò per il braccio Pipì che si mise a strepitare:

« Mi lasci!... Mi fa male!... Mi lasci, lurido bastardo! ».

« La lasci! » ringhiò un marinaio che sovrastava gli altri di una spanna.

« Sta' zitto, tu! ».

« Cosa?... Zitto a me?... Ripeti un po', se hai coraggio... ».

E Pipì:

« Non so cos'abbiano fatto quelli alla polizia, ma certo è che li protegge... Viene quasi da pensare che bisogna essere tedeschi per... ».

Intanto, in alto, Hans chiedeva:

« Dov'è Joseph? ».

« In cucina... ».

« Che cosa dice? ».

« Non dice niente... ».

Era vero. Si era rifugiato in salotto, seguito da una Marguerite maldestra, petulante.

« Che cosa vogliono? » gli chiese. « Non capisco che cos'hanno... ».

Lui era talmente in preda al panico che non riusciva nemmeno a risponderle. Avrebbe voluto reagire. Poco prima era deciso ad andare a chiudere l'imposta al posto di Hans, ma non ce l'aveva fatta.

Aveva paura! Era una questione fisica. Sudava freddo in tutto il suo lungo corpo e in certi momenti fu sul punto di vomitare, là dov'era, nonostante la presenza di Marguerite.

Liesbeth non era in cucina. Nessuno sapeva dove si fosse rifugiata. C'erano solo i due vecchi – Cornélius, sempre immobile, e il signor Schoof, roso dall'ansia –, e Anna che, forse senza rendersene conto, serviva loro il caffè come gli altri giovedì.

« Volete che accenda la luce? » chiese.

Suo padre non rispose. Il signor Schoof disse:

« No, non importa... ».

Il brigadiere non era più così baldanzoso e rimpiangeva di non essersi portato dietro degli uomini. Sibilò a uno dei due agenti:

« Va' a telefonare al commissario... ».

«È in ufficio?».
«No, a casa... Digli... Digli che è il caso che venga...».
Tirava una brutta aria, e tuttavia non c'era ancora niente di preciso. Era come quando il cielo diventa plumbeo, sotto un sole arroventato e opprimente, prima di coprirsi di nubi temporalesche.
I tram continuavano a passare. I vicini chiacchieravano sulla soglia di casa senza immaginare che la situazione potesse volgere al tragico, e si udivano ancora delle risate, delle grida.
«Ehi, Marcel!... Vieni a tavola o no?».
O, in tono stridulo:
«Émile!... Émile!... Tua madre ti chiama...».
La gente, però, non indietreggiava più davanti agli agenti in divisa che cercavano di respingerla. Gli sguardi si indurirono. Pipì, sentendosi spalleggiata, stava lì con i pugni tesi e, nel suo stato di ebbrezza, sfiorava il pathos.
«... Erano settimane che le andava dietro...» diceva con lacrime autentiche. «E lei, povera piccola, non ne voleva sapere di lui, anche se era un dottore... Le ha offerto dei soldi... In quella casa contano solo i soldi... E quando ha visto che non c'era niente da fare l'ha aggredita in riva al canale e l'ha strangolata...».
Una donna si soffiò il naso. Pipì guardò il suo uditorio e, avvistando un cappello rosso tra le ultime file, chiamò:
«Vieni qui, Germaine!... Racconta un po' quello che sai... Di' a tutti che quella sera vi ha seguito per tutto il tempo...».
Non c'era niente di premeditato. L'ubriachezza conferiva a Pipì una naturale teatralità. Si chinò ad abbracciare la ragazzina dal petto e dal sedere prorompenti, che scoppiò a piangere a sua volta.
«Su, su... State calme voi due...» borbottò il brigadiere in tono conciliante.
Ma se la presero con lui.
«Chiudi il becco!» esclamò qualcuno.

«Abbasso gli sbirri!» gridarono dalle ultime file.

Senza accorgersene, il signor Schoof aveva acceso la sua pipa di schiuma e disteso le corte gambe come faceva sempre. Ripeteva con pacata ostinazione:

«Non capisco perché abbiate permesso a quel ragazzo di restare...».

Joseph fece scrocchiare le dita torcendole in un gesto nervoso e disse a Marguerite con voce supplichevole:

«Lasciami in pace...».

«No, Joseph! Se qualcosa ti tormenta, devi confidarti con me...».

Eppure le sentiva le voci fuori! Ma non capiva! Chiedeva:

«Che cosa dicono? Con chi ce l'hanno?».

E intanto, di sopra, zia Maria e Hans, in piedi l'uno accanto all'altro, immobili, con l'orecchio teso...

«Che cosa aspettano ad arrestarlo?».

«Chi?» chiese qualcuno che arrivava in quel momento.

«L'assassino!».

«Quale assassino?».

«L'assassino di Sidonie...».

Ed ecco che Pipì, sentendo il nome della figlia, senza farlo apposta scoppiò in lacrime, gettandosi a terra, in una crisi di disperazione.

«La mia bambina!... La mia bambina!...» singhiozzava. «La rivoglio indietro!... Rivoglio la mia bambina, il mio angelo...».

Tra i presenti, qualcuno si commosse. I più non sapevano che era ubriaca.

«Si alzi!... Per favore, si alzi...» la supplicava il brigadiere...

Ma non osava insistere, tanto lo guardavano male.

Il giovane agente di polizia, di ritorno dopo aver telefonato, annunciò:

«Sta arrivando!».

Oltre il fogliame verde scuro degli alberi il cielo assunse un riflesso ramato, poi diventò rosso, prima di volgere al viola delle sere d'estate.

La gente del quartiere, che di solito a quell'ora andava a passeggio lungo il canale per prendere un po' d'aria, si avvicinava timidamente, soprattutto chi aveva dei bambini, formando piccole macchie umane a trenta o quaranta metri di distanza.

«Vieni qui, Jojo! Ti proibisco...».

C'erano coppiette di innamorati.

«Andiamo...» diceva lui.

E lei:

«Ancora un attimo...».

Tutti volevano vedere se alla fine sarebbe accaduto qualcosa!

«Che succede?».

«Dei tedeschi...».

«Cos'hanno fatto?».

«Pare che abbiano ucciso una ragazzina...».

Particolarmente significativo fu il gesto del falegname accanto che abbassò a sua volta la serranda, temendo probabilmente che la sua casa fosse esposta al pericolo quasi quanto quella dei Krull.

Nelle ultime file serpeggiavano le battute di spirito. Molti si trattenevano solo perché c'era altra gente e si alzavano sulla punta dei piedi scusandosi con quelli che urtavano involontariamente.

Altri, intorno a Pipì, cominciavano a rumoreggiare, soprattutto dopo che il marito di Louise, che era stato rilasciato, venne a piantarsi davanti al brigadiere.

«Allora, vuoi ancora arrestarmi? Cos'è, sei anche tu al servizio dei tedeschi?».

Era la parola più ricorrente: «i tedeschi»! Alcuni, arrivando, non sentivano altro.

Ed ecco che a un tratto, senza una ragione precisa, la folla scattò in avanti, forse semplicemente perché qualcuno aveva perso l'equilibrio.

«Indietro!... Indietro!...» gridò il brigadiere tenendo per mano i due agenti in modo da formare un cordone.

«Stai indietro tu!» replicò il marinaio grande e grosso.

Finì che, spinti dalla folla, i poliziotti urtarono violentemente la serranda e, per il colpo, dai vetri già rotti si staccarono gli ultimi frammenti e una pioggia di schegge si riversò all'interno dell'emporio.

« Sarà meglio che ce ne andiamo! » annunciò il signor Schoof alzandosi in piedi.

E Cornélius, come un'eco:

« Sì, sarà meglio ».

La cucina era ormai avvolta nella penombra, Anna si asciugava gli occhi e suo padre, sempre immobile, sembrava svanire a poco a poco nella semioscurità.

12

Ci furono alcuni momenti assurdi. Per esempio: Maria Krull entrò in cucina, preoccupata, ma alla vista del signor Schoof che si alzava cambiò automaticamente espressione e, assumendo il ruolo della padrona di casa, chiese con compito stupore:

«Andate già via?».

Fu questione di un attimo, poi tornò subito come prima, come gli altri: si guardò intorno, con la fronte corrucciata, sforzandosi di raccapezzarsi:

«Marguerite è ancora qui?».

La cosa più curiosa era il fatto che nessuno sapeva dove fossero gli altri. Le porte della casa erano aperte come cateratte. L'aria circolava liberamente. Si incrociavano senza vedersi. Un istante prima Anna era in cucina e all'improvviso non la si vedeva più. E Joseph? Fluttuavano tutti da una parte all'altra, tranne i due vecchi ancorati in cucina.

Adesso, però, il signor Schoof, in piedi, recuperò il cappello e chiamò:

«Marguerite!».

Sì! Arrivava! Era in salotto, accanto a Joseph che

stringeva i denti per l'esasperazione. Da cinque minuti, dolcemente, ottusamente, cercava di fargli sputare il rospo .

«Che cos'ha fatto? Perché non volete dirmelo?».

Lei attribuiva tutta la responsabilità dell'accaduto a Hans! Non era mai stata tanto rosea, di un rosa inverosimile che faceva pensare a una mucca al pascolo, capace da un momento all'altro di stillare latte!

«Arrivo, papà... Arrivederci, Joseph... Promettimi di restare calmo...».

Gli porse le guance leggermente segnate dalla couperose e corse fuori dal salotto con finta leggerezza.

«Dov'è Liesbeth?... Liesbeth! Vieni a salutare il signor Schoof...».

Forse non tutti si scambiarono un bacio... Alla fine, il ritmo accelerò. Il signor Schoof si avviò verso la porta. Zia Maria, già con la mano sul chiavistello, tese l'orecchio e disse piano:

«Fate presto...».

Sgattaiolarono fuori. La loro apparizione sulla soglia di casa fu accolta da un fischio. Era stato un ragazzo di quindici anni, nelle ultime file, a fischiare, cacciandosi quattro dita in bocca. Quel suono acuto ebbe lo stesso effetto del fischietto dell'agente: eccitò gli animi. Subito dopo infatti partirono altri fischi. Gran parte della folla fischiava per puro divertimento, per gioco, mentre il signor Schoof si allontanava camminando rasente i muri, tenendo Marguerite per mano.

Altri, che si trattenevano perché non avevano niente di meglio da fare, pensarono che fosse tutto finito, tanto più che un paio di fischi malriusciti suscitarono qualche risata. Questo, però, riguardava le ultime file. Davanti, la gente si stringeva intorno a Pipì che raccontava le sue sciagure e, quella sera, persino chi la conosceva bene alla fine si impietosì.

Poco più in là, vicino alle rotaie del tram, la moglie di un marinaio stava dicendo a gente che non era del canale:

«Anche lo zucchero ce lo fa pagare cinque centesimi più caro! Quella è gente che se ne approfitta perché non sempre possiamo pagare in contanti...».

Era vero. Dai Krull la merce costava un po' più che altrove, ma quanti conti mai pagati racchiudeva il quadernone nero!

«Una volta hanno prestato del denaro al proprietario della *Belle Hélène* e siccome lui non poteva rimborsarli, hanno richiesto il sequestro...».

Nessuno faceva caso a chi arrivava e a chi se ne andava. Ad andarsene erano per lo più piccoli borghesi dei dintorni, che avevano notato qualcosa passando o durante la passeggiatina serale.

Al loro posto subentravano dei giovani, soprattutto ragazzi con il berretto calcato in testa che si sforzavano di darsi arie da brutti ceffi e si guardavano intorno spavaldi.

Uno di questi ebbe l'impressione di scorgere una figura dietro la tenda della finestra al primo piano.

«Là! Mira al fratello...».

Raccolse un mattone e lo lanciò, centrando in pieno la finestra. Hans fece appena in tempo a ritrarsi.

Quello fu il segnale. Lì vicino c'era un mucchio di mattoni. Altri balordi seguirono l'esempio e ne lanciarono a casaccio contro la facciata, cosicché fu necessario sgomberare il marciapiede per evitare i mattoni che ricadevano giù.

Un tram scampanellò invano per un paio di minuti cercando di aprirsi un varco tra la folla che come per incanto si era ingrossata. I poliziotti avevano della polvere di mattone sulla divisa.

Una pioggia di fischi accolse l'arrivo di quattro agenti in bicicletta che precedevano il commissario di polizia con la sua bella paglietta in testa.

«A morte il crucco!...» gridò qualcuno. «A morte l'assassino!...».

Era eccitante bersagliare quella facciata dietro la

quale non si vedeva nulla. Qualche mattone cadde all'interno delle stanze al primo piano.

Una voce disse:

«Quelli sono anche capaci di mettersi a sparare...».

Altri sentirono solo l'ultima parola.

«Attenzione... Adesso sparano...».

Alcuni credettero di scorgere delle ombre dietro i vetri rotti. Per un pezzo presero di mira una tenda smossa dalla corrente, dietro la quale si intestardivano a vedere un nemico.

Il commissario di polizia si asciugò il sudore e salì sul gradino della soglia cercando di ottenere silenzio per parlare alla folla. Il frammento di un mattone gli fece volare via il cappello di paglia e ai fischi si mescolarono le risate.

Come in un incendio, la vampata scemava in una zona, spegnendosi quasi del tutto, per riaccendersi in un altro punto.

Dall'altra parte della strada il terrapieno era deserto. Seduto su una panchina c'era un uomo che assisteva alla scena, placido e indifferente: Potut, avvolto nel pesante cappotto, con le mani in tasca e una pipa spenta ficcata in bocca.

Adesso, dai quartieri più popolosi, arrivavano dei piccoli gruppi, e furono questi a mostrarsi subito più baldanzosi e aggressivi.

«Abbasso gli sbirri!...».

I vicini si resero conto che la faccenda si faceva seria ed erano esterrefatti del modo in cui le cose erano precipitate. Si tenevano prudentemente a distanza e ogni tanto, dopo aver messo a letto i bambini, andavano a gettare un'occhiata preoccupata, chiedendosi fin dove si sarebbe spinta quella gente...

«È anche colpa loro! Non hanno mai voluto fare niente come gli altri...».

Da una casa vicina, il commissario telefonava invano al procuratore, al giudice istruttore, in municipio. Erano andati tutti in campagna!

Allora chiese aiuto alla gendarmeria.

« Sì... Mandate degli uomini... Tutti quelli che potete... Al momento non rispondo di niente... ».

Da più parti si sentì gridare, con rabbia:

« Che cosa aspettano ad arrestarlo? ».

Cornélius, tutto solo nella cucina ormai immersa nell'oscurità, se ne stava seduto nella sua poltroncina. Capitava che qualcuno entrasse, poi uscisse, e lo si capiva a stento dal frusciare di una sottana, da un rumore di passi.

Joseph era sempre in salotto. Al riparo delle persiane ascoltava, terreo, con lo sguardo stravolto.

Un paio di volte la madre gli si era avvicinata e gli aveva appoggiato una mano sulla spalla.

« Non si azzarderanno... C'è la polizia... ».

Ma lui non riusciva nemmeno a risponderle. La guardava come se non la riconoscesse, o come se non la sentisse. Tremava dalla testa ai piedi, in preda a un panico incoercibile, che gli aveva provocato un crollo nervoso.

« È tardi... Prima o poi se ne andranno a dormire... ».

Senza una ragione precisa, Joseph pensava che la folla avrebbe appiccato il fuoco alla casa... In una sorta di allucinazione, aveva visto le fiamme che gli guizzavano davanti agli occhi, e lui stesso che correva da tutte le parti in mezzo a un rogo, senza trovare una via di scampo.

« Stai calmo... ».

Dove andava sua madre? Perché tutti continuavano a salire e scendere le scale? E quando si incrociavano facevano finta di non vedersi!

Il lancio dei mattoni contro la facciata si era diradato: fuori avevano trovato qualcos'altro a cui dedicarsi. Decine di voci, come al comando di un direttore d'orchestra, scandivano a tempo:

« As-sas-si-no!... As-sas-si-no!...As-sas-si-no!... ».

« Signori!... » tentò di farsi sentire il commissario, alzandosi sulla punta dei piedi.

« As-sas-si-no!... ».

« Signori!... ».

Ricevette qualcosa di sudicio in piena faccia: uno

straccio, un cencio molle e bagnato che dovevano aver raccolto dal rigagnolo.

« As-sas-si-no!...As-sas-si-no!... ».

Il coro diventava sempre più forte. Il ritmo più incalzante.

« Devo parlargli dalla finestra... » disse il commissario al brigadiere.

Attraversò il marciapiede ricoperto di mattoni sbriciolati e bussò alla porta.

L'ennesimo errore. Le voci si fecero più insistenti.

« In nome della legge... ».

« Mamma!... » chiamò Anna dall'emporio.

Credeva che sua madre fosse lontana, forse al piano di sopra. Invece sentì, lì accanto, il fruscio della sua gonna. Affacciandosi alla porta, Maria Krull domandò:

« Che c'è? ».

« Il commissario... ».

Fuori continuavano a urlare. Lei scandì, con imperturbabile pacatezza:

« Stia a sentire, commissario... Se apro, la folla entrerà... Dovrebbe passare dalla casa accanto... ».

Il commissario doveva aver capito, dato che non si fece più sentire. In compenso, gli schiamazzi aumentarono di intensità, mischiati ai fischi. Il frastuono si faceva più ostile.

I gendarmi erano arrivati e avanzavano con minacciosa determinazione. Ci fu qualche spintone, nelle prime file si presero a gomitate. Quelli dietro vennero respinti di parecchi metri e finirono pigiati contro i tram che formavano già una lunga fila.

Ogni tanto, come un razzo sparato più in alto in un fuoco d'artificio, si udiva un grido isolato:

« A morte!... ».

Nel frattempo Maria Krull si era fermata vicino alla poltroncina del marito e mormorava con voce smorzata:

« Dovreste andare a letto, papà! ».

Gli si vedeva solo il viso e la barba. Scrollò la testa e disse:

«Adesso vado...».

Ma non si mosse.

Liesbeth pregava, inginocchiata davanti al grande crocifisso di ebano in camera dei genitori.

Hans vagava per la casa e nessuno ormai sembrava fare caso a lui, quasi non esistesse. Fu il primo a scorgere, da una finestra del pianerottolo, il commissario nel giardino dei vicini, in compagnia del falegname. Quest'ultimo appoggiò una scala contro il muro. Il commissario si arrampicò e gridò:

«Ehi! Voi, là dentro!...».

Hans si precipitò. In corridoio si scontrò con la zia che gli ordinò:

«Ci penso io...».

Un attimo dopo il poliziotto entrò in casa precedendo zia Maria e si guardò intorno con diffidenza anche maggiore del pomeriggio, come se in ogni angolo buio si nascondesse una minaccia.

«Dov'è?».

«In salotto...».

«Credo sia meglio arrestarlo in via provvisoria... Non ho trovato nessuno che potesse darmi istruzioni... Se lo lascio qui, prima o poi forzeranno la porta...».

Non provava la minima compassione. In quel momento condivideva l'ostilità della folla nei confronti dei Krull e l'avversione che manifestava a Joseph.

Fuori, un ignaro gendarme aveva maltrattato Pipì, riaccendendo gli animi.

«Salgo per parlare alla gente...».

Maria Krull lo seguì a passi così felpati che pareva la sua ombra. Passando davanti a una porta aperta videro Liesbeth in ginocchio e sfiorarono Anna in piedi contro uno stipite.

«Forse è meglio se mi metto la fascia tricolore... Per fortuna me la porto sempre dietro...».

Se la infilò nella semioscurità e, dopo aver tratto un

respiro profondo, corse alla finestra, spuntando all'improvviso come un burattino e cominciando a gesticolare concitatamente con le braccia troppo corte.

«Signori!... Signori!... Un po' di silenzio!...».

Ma ottenne solo qualche risata e si attirò una pioggia di oggetti che ricaddero anche sul pianerottolo.

«Sto per procedere all'arresto di Joseph Krull... Vi chiedo di restare calmi...».

Non badava a quello che diceva, spaventato com'era dall'entità dello spettacolo che aveva sotto gli occhi, dalla lunga fila di tram gialli arenati nella folla, dalla marea di facce levate verso di lui.

«Una volta che Joseph Krull sarà agli arresti, potrete tornarvene a casa...».

Ci fu un momento di silenzio, di sospensione, e il commissario ne approfittò per ritirarsi. Ma non fece in tempo ad arrivare in fondo alle scale, sempre seguito da Maria Krull, che il coro riprese:

«A morte!... A morte!...».

Il commissario era in difficoltà, perse il controllo dei nervi e si lasciò sfuggire:

«La colpa è anche vostra!... Lui dov'è?...».

Joseph era là, in piedi davanti a lui.

«La arresterò per finta!... La condurrò in prigione senza avere un mandato perché è l'unico modo per placare la folla...».

Joseph non disse nulla. Il pomo d'Adamo andava su e giù. Le dita gli si erano come aggrovigliate. Con passo da automa seguì il commissario fin nell'emporio ma lì, vicino alla porta dietro la quale la folla aveva ricominciato a spingere, disse in un soffio:

«Mi uccideranno...».

Aveva paura. Era più forte di lui: batteva addirittura i denti! Tutto il suo corpo aveva paura, si sentiva mancare le forze e a un certo punto sembrò quasi sul punto di svenire.

«Meglio che escano passando dalla casa dei vicini»

disse una voce. «In fondo al giardino c'è una porta che dà sulla strada qui dietro...».

Era stato Hans a parlare. Si guardarono, sempre nella semioscurità. Apettavano la decisione del poliziotto, il quale alla fine dichiarò:

«Possiamo sempre provarci...».

Zia Maria si gettò tra le braccia del figlio, ma si ritrovò a stringere un lungo corpo inerte.

«Coraggio!...» gli disse.

Liesbeth non scese. Anna, come sua madre, ripeté:

«Coraggio, Joseph!».

Lui si lasciò portare via, camminando come nelle sue crisi di sonnambulismo. Si erano dimenticati del padre, il quale rimase sprofondato in poltrona a osservare lo strano corteo che gli sfilava accanto.

Chiunque sarebbe stato capace di scavalcare il muro di cinta, eppure Joseph era talmente impacciato che fu necessario spingerlo, sostenerlo. C'era gente alle finestre. Se lo additavano a vicenda. Ma i vicini non schiamazzavano, rimanevano discreti.

Zia Maria tornò in fretta in cucina asciugandosi gli occhi.

«Dovete andare a dormire, papà! Venite...».

Mentre aiutava Cornélius ad alzarsi disse in un soffio:

«È meglio così... Domani lo rilasceranno... Almeno è al sicuro...».

Cornélius salì da solo. Vedendolo arrivare, Liesbeth uscì dalla stanza.

Fuori gli schiamazzi non cessavano, ma la situazione pareva meno grave adesso che Joseph se n'era andato.

Difatti il falegname uscì di casa, dandosi un'aria di importanza, tenendosi prudentemente a distanza dai capannelli.

«Lo hanno portato via...» annunciò.

«Chi?».

«L'assassino! È passato da casa mia! Il commissario l'ha fatto uscire dal retro...».

«Chi è passato dal retro?» ringhiò una voce rabbiosa.

« L'assassino! ».

« È scappato? ».

Girarono due voci diverse: una era che Joseph Krull era fuggito (si diceva perfino che si fosse fratturato una gamba saltando da una finestra); ma i meglio informati affermarono che l'avevano portato in prigione.

Maria Krull era esausta come se avesse fatto da sola un bucato di quindici giorni. E tuttavia continuava a restare in piedi! Sembrava quasi che avesse paura di sedersi.

Entrò in salotto, salì su per le scale, spinse la porta della sua camera e sentì una voce che le diceva:

« Hans deve andarsene... ».

Il vecchio Cornélius non si vedeva. La loro camera da letto, quella con l'esposizione peggiore di tutta la casa, a quell'ora era immersa nella più completa oscurità. Forse proprio per questo le sue parole acquistarono una particolare risonanza, assumendo tutta la gravità delle frasi dei profeti della Bibbia.

« Cercate di dormire, papà! ».

Da quando erano nati i figli, lei lo aveva sempre chiamato così e non le era mai venuto in mente di dargli del tu.

« ... deve andarsene! » ripeté lui.

« Sì... Domani... ».

Maria Krull richiuse la porta ed entrò nella stanza accanto, quella del figlio, dalla quale poté constatare che il fermento non si era ancora placato.

I suoi passi scivolarono sui pavimenti lustri. Scese di sotto, e rinunciò ad accendere la luce per paura che il minimo bagliore eccitasse ancor più quelli là fuori.

« Sei qui, Anna? ».

« Sì, mamma... ».

« E Liesbeth? ».

« Non lo so... Forse è in salotto... ».

Maria Krull ci andò, per evitare di lasciare la figlia sola con Hans. Ma lui non era in salotto. Ogni tanto lo si vedeva passare, l'aria smarrita, a disagio e con la netta sensazione che i muri stessi lo respingessero.

«Vieni, Liesbeth... Bevi qualcosa prima di andare a letto...».

Il commissario era ritornato davanti alla casa e si agitava molto: gesticolava, gridava, tentava di disperdere gli assembramenti.

«Vi dico che l'ho appena portato in prigione!... Chiedete al falegname qui accanto!... Non avete più nessun motivo di stare qui...».

Da un pezzo la madre era venuta a riprendersi la ragazzina con il cappello rosso, la quale, nel suo letto, aveva fatto una scenata perché non le avevano permesso di restare a godersi lo spettacolo fino in fondo.

«Se non vi decidete ad andarvene faccio venire i pompieri con l'idrante...».

C'era ancora un po' di rabbia, ma anche molte risate. Il primo tram della fila ebbe la buona idea di scampanellare con insistenza e di cominciare ad avanzare pian piano, ricacciando una parte della folla verso il terrapieno.

«È stato arrestato!» gridavano gli agenti, con la mano intorno alla bocca a mo' di megafono. «Tornatevene a casa altrimenti arriveranno i pompieri con l'idrante!».

Maria Krull si decise ad accendere la lampada della cucina, riattizzò il fuoco con gesto meccanico e scosse la caffettiera: restava ancora un po' di caffè tiepido.

«Vai a prendere il rum, Anna...».

Normalmente in casa Krull solo ai malati era concesso bere un goccio di alcol. Ma zia Maria in persona ne versò un po' nel caffè delle figlie e in cucina si diffuse un insolito odore di rum caldo.

Nessuno faceva caso a Hans. C'era anche lui, in piedi, addossato allo stipite della porta. Non gli offrirono il caffè.

«Sembra che stiano cominciando a calmarsi...» mormorò Anna.

« È quasi mezzanotte! ».

In quella casa era raro vedere l'orologio biancastro segnare un'ora simile! Avevano i nervi talmente scossi che restavano tutti là, senza nessuna voglia di muoversi tanto erano inebetiti.

Non pensavano. Ascoltavano i rumori all'esterno, che ormai si confondevano gli uni con gli altri. Già solo lo scampanellio dei tram rappresentava la promessa di un ritorno alla vita normale.

Per darsi un contegno, Hans si accese una sigaretta e restò fino all'ultimo. Le tre donne si erano finalmente sedute, con i gomiti appoggiati sul tavolo.

« Non è un vero arresto » mormorò la zia come in risposta a certi pensieri.

Giacché, comunque fosse, Joseph era in prigione!

« Purché non si spaventi troppo... » disse Anna.

Erano tutte in pena per Joseph. Avrebbero voluto confortarlo, fargli coraggio.

E, per un'associazione di idee, Anna aggiunse:

« Non vedevo l'ora che gli Schoof si decidessero ad andarsene... Marguerite non capiva assolutamente niente... ».

Da ore Liesbeth aveva voglia di piangere, ma non ci riusciva, tanto era tesa.

Fuori splendeva la luna e i gruppetti di persone che se ne tornavano a casa parlando a voce alta facevano pensare a una di quelle serate in cui ci sono i fuochi d'artificio e in uno stesso punto della città si riversa un'enorme quantità di gente.

I gendarmi restarono davanti alla casa, e così pure la polizia. Qualche gruppetto resisteva, ma si trattava soprattutto di giovani che si divertivano a dire spiritosaggini.

In cucina l'atmosfera era pesante. Persino la luce era più plumbea del solito. Quando si sentì bussare alla porta dell'emporio trasalirono tutti. Maria Krull si alzò.

« Che c'è? ».

« Sono il commissario di polizia... Potete aprire... ».

Fu uno strano spettacolo vedere la porta che finalmente si apriva e la luce della luna che rischiarava l'emporio sottosopra e il pavimento disseminato di schegge di vetro.

«Sono venuto a dirvi che è finita... Come vedete era l'unico modo per calmarli... In ogni caso lascerò degli uomini di guardia tutta la notte...».

Gli sarebbe piaciuto vedere che cosa succedeva all'interno. La luce in cucina lo incuriosiva. Cercò di sbirciare sopra la spalla di Maria Krull, ma quest'ultima richiuse la porta dicendo semplicemente:

«La ringrazio».

Tirò il chiavistello, tornò dentro e annunciò:

«Andiamo a dormire».

Nessuno aveva sonno, ma bisognava far finta di andare a letto! Bisognava alzarsi, salire le scale, salutarsi come gli altri giorni perché, nonostante tutto, la vita andava avanti.

Continuavano a ignorare Hans. Facevano come se non ci fosse. Liesbeth, soprattutto, non aveva guardato dalla sua parte neanche una volta.

«Buonanotte, Anna!».

«Buonanotte, mamma!».

«Buonanotte, Liesbeth!».

E così salirono al primo piano. Maria Krull spinse la porta della camera da letto e girò l'interruttore senza fare rumore.

«Dov'è vostro padre?».

Le ragazze si fermarono, videro il letto vuoto, con le lenzuola intatte.

«Anna!... Liesbeth!... Vostro padre!».

Zia Maria scese le scale di corsa, precipitandosi dapprima in salotto. Liesbeth gridava:

«Papà!... Papà!...».

A tutti sembrò di avvertire una corrente d'aria, un altro vuoto in casa. A mano a mano che avanzavano accendevano le lampade, comprese quelle dell'emporio, e la luce metteva impietosamente in evidenza la devastazione e i danni.

«Non è possibile!».

Nel momento in cui zia Maria, come ultima risorsa, si diresse al laboratorio, vide Hans che apriva la porta. Lui era andato là, istintivamente! Lasciò alla zia il compito di girare l'interruttore.

Si sentì un rumore sordo, quello di Maria Krull che cadeva in ginocchio, poi un grido acuto di Liesbeth.

«Cosa succede?» domandò Anna stravolta.

Il laboratorio era l'unico ambiente a essere stato risparmiato dallo sconquasso. La lampadina elettrica senza paralume gettava la sua luce cruda sui muri imbiancati a calce, sulle ceste iniziate, sulle seggiole dell'operaio e di Cornélius.

E accanto alla sedia del vecchio Krull dondolava un'ombra, che proiettava sul muro un'ombra ancora più lunga.

«Papà!... Papà!...».

Non l'avevano visto scendere. Nessuno si era accorto che aveva lasciato la sua stanza. Del resto si spostava sempre silenziosamente...

E non diceva mai nulla...

Si era impiccato senza che nessuno sapesse davvero perché. Ma non sapevano nemmeno come mai quell'uomo errabondo fosse andato a stabilirsi ai margini della città. Né come mai, per tutti quegli anni, fosse vissuto in silenzio in quel laboratorio, insieme all'operaio gobbo ...

Che cosa sapevano di lui?

Era arrivato da solo. Ed era rimasto solo anche tra i suoi, con la barba da patriarca e il viso impenetrabile o sereno. E solo se ne era andato. Si era impiccato, nel suo angolino, vicino alla seggiola dalle gambe segate e a una cesta di vimine bianco che nessuno avrebbe completato.

Non aveva mai detto niente e adesso faceva un po' paura chiedersi che cosa sapesse.

Veniva quasi da pensare che non giungesse semplicemente da Emden, come un qualsiasi artigiano che fa il periplo della Germania e della Francia, ma da molto più lontano nello spazio e nel tempo, da un mondo cristallizzato nelle immagini bibliche, nelle sculture delle chiese e nelle vetrate istoriate.

«No!» disse soltanto zia Maria mentre Hans si avvicinava per tirarlo giù.

Liesbeth si gettò a terra, in preda a una crisi isterica. Le sue urla ricordavano quelle della strada.

«Sst!... Zitta!...» le ripeteva come un automa Anna, a cui quelle urla scuotevano il sistema nervoso.

Hans indietreggiò. In quella stanza dai muri troppo bianchi illuminati da una sola lampadina, loro stessi proiettavano senza volerlo ombre tutt'intorno.

La zia era salita in piedi sulla seggiola bassa.

«Anna, passami un coltello» disse.

I singhiozzi di Liesbeth dovevano straziarle il petto.

«Dov'è, mamma?».

«Dev'essercene uno sul banco di lavoro...».

Parole che bisognava dire e che suonavano vuote!

«Attenzione... Tienilo!».

Hans se ne stava addossato al muro, come se avesse paura, con le mani premute sui mattoni intonacati a calce.

«Non farlo cadere...».

Dio solo sa come riuscirono a cavarsela: il corpo scese pian piano, la testa si inclinò, andando a posarsi sulla cesta iniziata che fece da cuscino.

Maria Krull non aveva ancora versato una lacrima. Le linee rigide della camicetta e le pieghe della gonna nera la facevano assomigliare a una statua.

E ancor più quando, dirigendosi verso Hans, gli disse:

«Dovete andarvene...».

«Ma...».

«Dovete andarvene, Hans... Subito!...».

Allora lui ebbe paura. Le guardò tutt'e tre. Intuiva

forse che adesso toccava a lui essere lo Straniero, la causa di tutti i mali del mondo?

« Il denaro del signor Schoof... » cominciò portando la mano alla tasca.

« Andate via! ».

« Liesbeth! ».

Lei non rispose, non girò nemmeno la testa.

Allora Hans corse verso l'emporio, tirò il chiavistello, aprì la porta e per poco non andò a sbattere contro due agenti di guardia e alcuni gendarmi che si raccontavano barzellette.

« Che c'è? » gli domandarono.

« Niente! Esco... ».

Si sforzò di camminare con passo normale finché non fu uscito dal loro campo visivo.

La mattina dopo, la gente provava forse un po' di vergogna, ma non aveva perso la curiosità. Sbirciavano da lontano e i vicini si inventavano una scusa qualunque per uscire.

Alle otto e mezzo videro Maria Krull già di ritorno dalla città, dov'era andata prestissimo, in abito nero e cuffietta. In quel momento i poliziotti se ne stavano un po' in disparte.

Lei entrò in casa e ne uscì subito dopo, senza essersi tolta la cuffietta, portando con sé una sedia e un martello.

E, sull'imposta che risuonava come il giorno prima sotto i lanci dei mattoni, affisse un cartello bianco con la cornice nera che era andata a comprare in tipografia:

CHIUSO PER LUTTO.

13

Accadde anni dopo, a Stresa, in pieno agosto. Era una giornata rovente. In attesa del temporale quotidiano, che non sarebbe scoppiato prima di sera, il Lago Maggiore era di un color bruno ramato e l'acqua pareva così densa che le barche davano l'impressione di restare invischiate.

Sul lungolago l'asfalto era molle. I grandi alberghi, bianchissimi, esibivano le cavità ombreggiate di centinaia di finestre scavate come alveoli.

Vicino all'imbarcadero, dove due agenzie di viaggio si facevano concorrenza a suon di altoparlanti e pubblicità variopinte, si fermavano pullman di tutti i colori – blu, gialli, neri –, stracarichi e impolverati, provenienti dalla Svizzera, dal Belgio, dalla Francia, a riversare una identica folla in completi chiari, in abiti bianchi, stralunata, sfinita, sovreccitata dalle troppe tappe, dagli arrivi, dalle partenze, dai pasti consumati in fretta, che si trascinava dietro marmocchi, soprabiti, macchine fotografiche e valigie, senza azzardarsi a guardare il cielo italiano se non attraverso gli occhiali scuri.

«Joseph! Prendi per mano il bambino!...».

Erano arrivati contemporaneamente tre pullman, i cui passeggeri dovevano pranzare in alberghi diversi, e si era creata una gran confusione. Avvisarono con i megafoni:

« I passeggeri del pullman blu!... I passeggeri del pullman blu!... Il pranzo è servito all'Hotel delle Grotte. Partenza all'una e quarantacinque in punto... ».

« I passeggeri provenienti da Ginevra!... I passeggeri da Ginevra!... Pranzo all'Hotel del Lago... Partenza alle... ».

La gente si cercava, si perdeva, alcuni si informavano su dove poter comprare delle cartoline.

Joseph portava un completo grigio, un panama, una camicia con il colletto sbottonato e teneva per mano un bambino di sette anni, magro e biondo, dalle gambette gracili.

« Senti, papà... ».

« Joseph! Sgrida la piccola che non vuole camminare... ».

La bambina aveva tre anni ed era tutta rosa e rotonda come la madre.

« Anna, se non ti decidi a muoverti... ».

Passò della gente che soggiornava lì da settimane e contemplava con ironia lo sbarco dei pullman. Una coppia si fermò. L'uomo chiamò:

« Joseph! ».

Il sole era talmente forte e c'era un tale sfavillio nell'aria che annebbiava la vista e persino i suoni arrivavano smorzati.

« Qualcuno ti ha chiamato? » chiese Marguerite.

« Non saprei... ».

Si guardarono intorno e scorsero una donna di una certa età, truccata e con le unghie dipinte, comprese quelle dei piedi che spuntavano da un paio di sandali dalla foggia bizzarra.

Non era stata lei a chiamare Joseph. Sembrava stupita quanto loro.

Il suo compagno l'aveva piantata in asso, allontanandosi di corsa.

Era Hans, in calzoni bianchi, abbronzato, anche lui con un paio di sandali ai piedi.

«Joseph! Che bella sorpresa!...».

I bambini, il maschio in particolare, lo guardarono sgomenti.

«Vi presento Lady Bramson, una cara amica... Mio cugino Joseph e sua moglie... Allora, Joseph?».

«Allora, niente!» rispose freddamente.

«Le cose si sono sistemate? Pensa che ho passato subito il confine e ho cercato inutilmente notizie sui giornali...».

Marguerite aveva riconosciuto Hans e tirava il marito per il braccio. Il bambino lo tirava per l'altro braccio.

«Sempre laggiù?».

«Già...».

«E zia Maria?».

«Anche lei...».

«L'emporio?».

Joseph, involontariamente annuì, cercando allo stesso tempo un modo per svicolare.

«Anna?».

«Sta con lei...».

«E Liesbeth?».

«Si è sposata... Scusateci, ma il nostro pullman...».

«Fate il giro dell'Italia?».

Joseph aveva cambiato faccia, per via dei baffetti rossicci che si era fatto crescere.

Lady Bramson si stava spazientendo, il suo fox-terrier tirava al guinzaglio.

«Dottore?».

«Sì...».

«Nella casa che...».

Fortunatamente la guida del pullman francese scorse Joseph e gridò nel megafono:

«I passeggeri del pullman blu sono pregati di mettersi a tavola... La partenza è tra venti minuti...».

«Io» tentò di dire ancora Hans «sono qui con un'amica che...».

Si scambiarono delle strette di mano.

«Sì... Arrivederci...».

«Arrivederci... Magari...».

Ma i Krull erano già stati risucchiati dalla folla seduta ai tavoli, dove il pranzo veniva servito a gran velocità.

«Chi era?» domandò la compagna di Hans.

«Uno strano tipo... È una storia lunga...».

Afferrò il guinzaglio del fox-terrier e fece qualche passo in silenzio. La donna si accese una sigaretta con un accendino d'oro.

«Doveva finire così!».

«Che cosa doveva finire così?» chiese lei con indifferenza.

E lui, sullo stesso tono:

«Niente... Joseph... Tutto, insomma...».

Andarono a comprare i giornali inglesi al chiosco vicino all'imbarcadero.

«Chi era?» domandò il figlio di Joseph, seduto con le gambe penzoloni.

«Nessuno!» gli risposero. «Devi smetterla di fare sempre domande...».

E sua madre aggiunse:

«Mangia!».

E intorno tutto sfavillava, crepitava: le persone, le cose, gli abiti chiari, i piatti, un vassoio con dei pezzi di agnello, il lago e il sole. Un universo caotico e abbacinante dentro al quale il bambino, impugnando male la forchetta, cercava con gli occhi l'uomo straordinario che era appena svanito nel nulla.

STAMPATO DA L.E.G.O. S.P.A. STABILIMENTO DI LAVIS
NEL DICEMBRE 2016

BIBLIOTECA ADELPHI

ULTIMI VOLUMI PUBBLICATI:

200. Roberto Calasso, *Le nozze di Cadmo e Armonia*
201. Marina Cvetaeva, *Il paese dell'Anima. Lettere 1909-1925*
202. Glenn Gould, *L'ala del turbine intelligente*
203. Henri-Pierre Roché, *Le due inglesi e il continente*
204. Antonin Artaud, *Van Gogh il suicidato della società*
205. Nina Berberova, *Il corsivo è mio*
206. Giorgio Manganelli, *Agli dèi ulteriori*
207. Isaiah Berlin, *Impressioni personali*
208. Benedetto Croce, *Vite di avventure, di fede e di passione*
209. Frederic Prokosch, *Il manoscritto di Missolungi*
210. Alexander Lernet-Holenia, *Lo stendardo*
211. Bhartṛhari, *Sulla saggezza mondana...*
212. *Vita privata del maresciallo di Richelieu*
213. *Il libro del Signore di Shang*
214. Georges Simenon, *Hôtel del Ritorno alla Natura*
215. Marina Cvetaeva, *Deserti luoghi. Lettere 1925-1941*
216. Bateson G. - Bateson M.C., *Dove gli angeli esitano*
217. Sylvia Townsend Warner, *Lolly Willowes*
218. Paul Valéry, *Quaderni, IV*
219. Daniil Charms, *Casi*
220. Pietro Citati, *Goethe*
221. Oliver Sacks, *Vedere voci*
222. Bruce Chatwin, *Che ci faccio qui?*
223. Willa Cather, *Una signora perduta*
224. Benedetto Croce, *Storie e leggende napoletane*
225. Georges Simenon, *Lettera al mio giudice*
226. Sto, *I cavoli a merenda*
227. Gottfried Benn, *Pietra, verso, flauto*
228. Guido Ceronetti, *La pazienza dell'arrostito*
229. Robert Louis Stevenson, *L'Isola del Tesoro*
230. Karen Blixen, *Carnevale*
231. Leonardo Sciascia, *Nero su nero*
232. Hugo von Hofmannsthal, *L'ignoto che appare*
233. Marianne Moore, *Le poesie*
234. Leo Perutz, *Il cavaliere svedese*
235. Johan Turi, *Vita del lappone*
236. Vladimir Nabokov, *Il dono*
237. Oliver Sacks, *Su una gamba sola*
238. Lev Šestov, *Sulla bilancia di Giobbe*
239. Cristina Campo, *La Tigre Assenza*
240. Georges Simenon, *La neve era sporca*
241. Roberto Calasso, *I quarantanove gradini*
242. Joseph Roth, *Destra e sinistra*
243. E.M. Cioran, *L'inconveniente di essere nati*
244. Sto, *Storie di cantastorie*
245. *I Ching*

246. Flann O'Brien, *Il terzo poliziotto*
247. Elémire Zolla, *Uscite dal mondo*
248. Rainer Maria Rilke, *I quaderni di Malte Laurids Brigge*
249. *Le lettere di Groucho Marx*
250. Fozio, *Biblioteca*
251. C.S. Lewis, *Lontano dal pianeta silenzioso*
252. Miloš Crnjanski, *Migrazioni, I*
253. Vladimir Nabokov, *La veneziana*
254. Leo Perutz, *Tempo di spettri*
255. Gottfried Benn, *Lo smalto sul nulla*
256. Jonathan D. Spence, *L'enigma di Hu*
257. Georges Simenon, *La Marie del porto*
258. Benedetto Croce, *I teatri di Napoli*
259. Vladimir Nabokov, *La vera vita di Sebastian Knight*
260. Giorgio Manganelli, *Il presepio*
261. Rudolf Borchardt, *Il giardiniere appassionato*
262. Giovanni Macchia, *Il teatro delle passioni*
263. Alberto Savinio, *Achille innamorato*
264. Simone Weil, *Quaderni, IV*
265. Tommaso Landolfi, *Un amore del nostro tempo*
266. Ingeborg Bachmann, *Letteratura come utopia*
267. Zbigniew Herbert, *Rapporto dalla Città assediata*
268. Flann O'Brien, *Una pinta d'inchiostro irlandese*
269. Mark Twain, *In cerca di guai*
270. Johannes Urzidil, *Trittico praghese*
271. Robert Byron, *La via per l'Oxiana*
272. Giorgio Manganelli, *Nuovo commento*
273. Kālidāsa, *Il riconoscimento di Śakuntalā*
274. Alberto Arbasino, *Fratelli d'Italia*
275. Elias Canetti, *La tortura delle mosche*
276. Hugo von Hofmannsthal - Strauss R., *Epistolario*
277. Georges Simenon, *La vedova Couderc*
278. Vladimir Nabokov, *Lolita*
279. Fernando Pessoa, *Poesie di Álvaro de Campos*
280. Nikolaj Leskov, *Il viaggiatore incantato*
281. Elémire Zolla, *Lo stupore infantile*
282. Tommaso Landolfi, *Ombre*
283. Ludvig Holberg, *Il viaggio sotterraneo di Niels Klim*
284. W.B. Yeats, *Autobiografie*
285. Benedetto Croce, *La Poesia*
286. Giorgio Manganelli, *Il rumore sottile della prosa*
287. Nina Berberova, *Le feste di Billancourt*
288. Alexander Lernet-Holenia, *L'uomo col cappello*
289. Paul Valéry, *Sguardi sul mondo attuale*
290. Georges Simenon, *Il borgomastro di Furnes*
291. Alfred Polgar, *Piccole storie senza morale*
292. Milan Kundera, *I testamenti traditi*
293. Ernst Jünger, *Il libro dell'orologio a polvere*
294. Vladimir Nabokov, *Intransigenze*

295. Giambattista Basile, *Il racconto dei racconti*
296. C.S. Lewis, *Perelandra*
297. Joseph Roth, *I cento giorni*
298. Varlam Šalamov, *I racconti della Kolyma*
299. Sergio Quinzio, *Mysterium iniquitatis*
300. Silvio D'Arzo, *All'insegna del Buon Corsiero*
301. Tommaso Landolfi, *Racconto d'autunno*
302. Serena Vitale, *Il bottone di Puškin*
303. Palinuro, *La tomba inquieta*
304. Flann O'Brien, *L'archivio di Dalkey*
305. Oliver Sacks, *Un antropologo su Marte*
306. Staal-Delaunay, *Memorie*
307. E.M. Cioran, *La caduta nel tempo*
308. Giorgio Manganelli, *Centuria*
309. Richard Cobb, *Tour de France*
310. Apollodoro, *Biblioteca*
311. Rudolf Borchardt, *L'amante indegno*
312. Georges Simenon, *La morte di Belle*
313. Joseph Roth, *Museo delle cere*
314. Louis Ginzberg, *Le leggende degli ebrei, I*
315. Mario Praz, *La casa della vita*
316. Evelyn Waugh, *Quando viaggiare era un piacere*
317. *La grande razzia* [*Táin Bó Cúailnge*]
318. T.E. Lawrence, *Lo stampo*
319. Adrien Baillet, *Vita di Monsieur Descartes*
320. Alberto Arbasino, *L'Anonimo lombardo*
321. Bruce Chatwin, *Anatomia dell'irrequietezza*
322. Georges Simenon, *Turista da banane*
323. Claudio Eliano, *Storie varie*
324. Arthur Schnitzler, *La piccola commedia*
325. Roberto Calasso, *Ka*
326. Giorgio Manganelli, *La notte*
327. Vladimir Nabokov, *Re, donna, fante*
328. E.M. Cioran, *Sommario di decomposizione*
329. Andrej Platonov, *Mosca felice*
330. Elias Canetti, *La rapidità dello spirito*
331. Iosif Brodskij, *Poesie italiane*, con testo a fronte
332. *La cena segreta. Trattati e rituali catari*
333. Nina Berberova, *Dove non si parla d'amore*
334. Vladislav Vančura, *Il cavalier bandito e la sposa del cielo*
335. Thomas Mann, *Considerazioni di un impolitico*
336. Oliver Sacks, *L'isola dei senza colore*
337. Leo Frobenius, *Fiabe del Kordofan*
338. Georges Simenon, *I fantasmi del cappellaio*
339. Jean Genet, *Il funambolo*
340. Hölldobler - Wilson E., *Formiche*
341. Robert McAlmon, *Vita da geni*
342. James Hillman, *Il codice dell'anima*
343. Ernst Jünger, *Foglie e pietre*

344. Novalis, *Enrico di Ofterdingen*
345. W.H. Auden, *Un altro tempo*
346. Louis Ginzberg, *Le leggende degli ebrei, II*
347. Jorge Luis Borges, *Storia dell'eternità*
348. Jorge Luis Borges, *Storia universale dell'infamia*
349. Nonno di Panopoli, *Le Dionisiache, I*
350. Groucho Marx, *Groucho e io*
351. Tommaso Landolfi, *Rien va*
352. Cristina Campo, *Sotto falso nome*
353. Benjamin Constant, *La mia vita*
354. Giorgio Manganelli, *Dall'inferno*
355. Gottfried Benn, *Romanzo del fenotipo*
356. Leonardo Sciascia, *Cruciverba*
357. Wisława Szymborska, *Vista con granello di sabbia*
358. Sándor Márai, *Le braci*
359. *La nube della non conoscenza*
360. Georges Simenon, *Tre camere a Manhattan*
361. Vladimir Nabokov, *Pnin*
362. Jorge Luis Borges, *Testi prigionieri*
363. Iosif Brodskij, *Dolore e ragione*
364. E.M. Cioran, *Al culmine della disperazione*
365. Miloš Crnjanski, *Migrazioni, II*
366. Jorge Luis Borges, *L'Aleph*
367. Sylvia Plath, *Diari*
368. W.H. Auden, *La mano del tintore*
369. C.S. Lewis, *Quell'orribile forza*
370. V.S. Naipaul, *Un'area di tenebra*
371. Nonno di Panopoli, *Le Dionisiache, II*
372. William Faulkner, *Le palme selvagge*
373. Sándor Márai, *L'eredità di Eszter*
374. Jorge Luis Borges, *Il manoscritto di Brodie*
375. Marcel Jouhandeau, *Cronache maritali*
376. Georges Simenon, *Il viaggiatore del giorno dei Morti*
377. Tommaso Landolfi, *LA BIERE DU PECHEUR*
378. Compton-Burnett, *Un'eredità e la sua storia*
379. Louis Ginzberg, *Le leggende degli ebrei, III*
380. *Pistis Sophia*
381. Cristina Campo, *Lettere a Mita*
382. Jorge Luis Borges, *L'artefice*
383. Nikolaj Gogol', *Racconti di Pietroburgo*
384. Leo Perutz, *Turlupin*
385. Vladimir Nabokov, *Ada o ardore*
386. Ernst Jünger, *Al muro del tempo*
387. Leonardo Sciascia, *Per un ritratto dello scrittore da giovane*
388. Sándor Márai, *La recita di Bolzano*
389. W. Somerset Maugham, *La diva Julia*
390. W.H. Auden, *Lo scudo di Perseo*
391. Jorge Luis Borges, *Altre inquisizioni*
392. Georges Simenon, *Gli intrusi*

393. Henry Miller, *Il colosso di Marussi*
394. J.M. Coetzee, *La vita degli animali*
395. Henry de Montherlant, *Le ragazze da marito*
396. James Hillman, *La forza del carattere*
397. Czeslaw Milosz, *La terra di Ulro*
398. Igino, *Miti*
399. William Faulkner, *Mentre morivo*
400. Rudyard Kipling, *Kim*
401. Giorgio Manganelli, *Salons*
402. Steinberg - Buzzi, *Riflessi e ombre*
403. Vladimir Nabokov, *La difesa di Lužin*
404. Roberto Calasso, *La letteratura e gli dèi*
405. Jeremias Gotthelf, *Kurt di Koppigen*
406. Aleksandr Puškin, *Poemi e liriche*
407. W. Somerset Maugham, *Acque morte*
408. Derek Walcott, *Prima luce*
409. Georges Simenon, *In caso di disgrazia*
410. Jorge Luis Borges, *Inquisizioni*
411. E.M. Cioran, *Quaderni 1957-1972*
412. Varlam Šalamov, *La quarta Vologda*
413. William Faulkner, *Assalonne, Assalonne!*
414. *Qohélet*
415. Soma Morgenstern, *Fuga e fine di Joseph Roth*
416. Rudyard Kipling, *«Loro»*
417. Knut Hamsun, *Pan*
418. Sándor Márai, *I ribelli*
419. *Le lamine d'oro orfiche*
420. Giorgio Manganelli, *Pinocchio: un libro parallelo*
421. S.Y. Agnon, *Una storia comune*
422. Oliver Sacks, *Zio Tungsteno*
423. Jonathan D. Spence, *La morte della donna Wang*
424. W. Somerset Maugham, *La luna e sei soldi*
425. *I centomila canti di Milarepa, I*
426. Sándor Márai, *Divorzio a Buda*
427. Georges Simenon, *Il primogenito dei Ferchaux*
428. Paul Valéry, *Quaderni, V*
429. Jorge Luis Borges, *Discussione*
430. Saul Steinberg, *Lettere a Aldo Buzzi 1945-1999*
431. William Faulkner, *La grande foresta*
432. Roberto Calasso, *K.*
433. Tommaso Landolfi, *Gogol' a Roma*
434. Sándor Márai, *Truciolo*
435. Jorge Luis Borges, *L'altro, lo stesso*
436. Vladimir Nabokov, *Fuoco pallido*
437. Giorgio Manganelli, *Improvvisi per macchina da scrivere*
438. *Gli editti di Aśoka*
439. Rudyard Kipling, *Puck il folletto*
440. Louis Ginzberg, *Le leggende degli ebrei, IV*
441. Iosif Brodskij, *Profilo di Clio*

442. William Gerhardie, *Futilità*
443. *Kāmasūtra*
444. Georges Simenon, *La camera azzurra*
445. Jorge Luis Borges, *Finzioni*
446. Elias Canetti, *Un regno di matite*
447. Leo Perutz, *Dalle nove alle nove*
448. Sándor Márai, *Confessioni di un borghese*
449. Sybille Bedford, *Il retaggio*
450. Georges Simenon, *Il fidanzamento del signor Hire*
451. Derek Walcott, *Omeros*
452. Alexander Lernet-Holenia, *Avventure di un giovane ufficiale in Polonia*
453. Jorge Luis Borges, *Il libro di sabbia*
454. W. Somerset Maugham, *Lo scheletro nell'armadio*
455. Antonin Artaud, *Succubi e supplizi*
456. Goffredo Parise, *Sillabari*
457. Georges Simenon, *Colpo di luna*
458. Sándor Márai, *La donna giusta*
459. Wisława Szymborska, *Discorso all'Ufficio oggetti smarriti*
460. Vladimir Nabokov, *Invito a una decapitazione*
461. Rudyard Kipling, *Il ritorno di Puck*
462. Anna Maria Ortese, *La lente scura*
463. W.G. Sebald, *Storia naturale della distruzione*
464. Alberto Arbasino, *Marescialle e libertini*
465. Jorge Luis Borges, *L'oro delle tigri*
466. Iosif Brodskij, *Poesie di Natale*
467. Les Murray, *Un arcobaleno perfettamente normale*
468. *Le Grand Jeu. Scritti di Roger Gilbert-Lecomte e René Daumal*
469. Georges Simenon, *Luci nella notte*
470. Nonno di Panopoli, *Le Dionisiache, III*
471. James Hillman, *Un terribile amore per la guerra*
472. Milan Kundera, *Il sipario*
473. Joseph Roth, *Il Caffè dell'Undicesima Musa*
474. W. Somerset Maugham, *Il filo del rasoio*
475. Goffredo Parise, *Quando la fantasia ballava il «boogie»*
476. Sándor Márai, *Terra, terra!...*
477. Georges Simenon, *L'orologiaio di Everton*
478. Robert de Boron, *Il Libro del Graal*
479. Stefan Zweig, *Momenti fatali*
480. Aleksandr Puškin, *Teatro e Favole*
481. William Faulkner, *Il borgo*
482. Irène Némirovsky, *Suite francese*
483. Mervyn Peake, *Gormenghast*
484. Elias Canetti, *Party sotto le bombe*
485. Jorge Luis Borges, *Prologhi*
486. Derek Walcott, *Il levriero di Tiepolo*
487. Elizabeth Bishop, *Miracolo a colazione*
488. Alexander Lernet-Holenia, *Un sogno in rosso*
489. Georges Simenon, *Cargo*
490. Wisława Szymborska, *Letture facoltative*

491. W. Somerset Maugham, *Il velo dipinto*
492. *I detti di Confucio*
493. Irène Némirovsky, *David Golder*
494. Goffredo Parise, *Il ragazzo morto e le comete*
495. Sándor Márai, *La sorella*
496. Georges Simenon, *Il clan dei Mahé*
497. Michail Lermontov, *Liriche e poemi*
498. Vladimir Nabokov, *Disperazione*
499. William Faulkner, *Santuario*
500. Roberto Calasso, *Il rosa Tiepolo*
501. W.H. Auden, *Lezioni su Shakespeare*
502. Jorge Luis Borges, *Il libro degli esseri immaginari*
503. Evelyn Waugh, *Etichette*
504. Gottfried Benn, *Lettere a Oelze*
505. Rudyard Kipling, *La Città della tremenda notte*
506. Georges Simenon, *Il piccolo libraio di Archangelsk*
507. Adam Zagajewski, *Tradimento*
508. Irène Némirovsky, *Jezabel*
509. W. Somerset Maugham, *Schiavo d'amore*
510. Cristina Campo, *Caro Bul*
511. Sándor Márai, *L'isola*
512. Georges Simenon, *Il Presidente*
513. W.H. Auden - Isherwood, *Viaggio in una guerra*
514. Jorge Luis Borges, *La misura della mia speranza*
515. E.M. Cioran, *Confessioni e anatemi*
516. William Faulkner, *Luce d'agosto*
517. Sybille Bedford, *Una visita a Don Otavio*
518. Georges Simenon, *Il treno*
519. Milosz O.V. de L., *Sinfonia di Novembre e altre poesie*
520. Vladimir Nabokov, *Una bellezza russa e altri racconti*
521. Irène Némirovsky, *I cani e i lupi*
522. Oliver Sacks, *Musicofilia*
523. Mario Brelich, *Giuditta*
524. Browne, *Religio Medici*
525. Sándor Márai, *Liberazione*
526. Georges Simenon, *Senza via di scampo*
527. Rudyard Kipling, *I figli dello Zodiaco*
528. W. Somerset Maugham, *Ashenden*
529. Simone Weil, *Attesa di Dio*
530. Robert Walser, *Il Brigante*
531. Roberto Calasso, *La Folie Baudelaire*
532. William Faulkner, *La paga dei soldati*
533. Isaiah Berlin, *A gonfie vele*
534. Vasilij Grossman, *Vita e destino*
535. Georges Simenon, *Le campane di Bicêtre*
536. Irène Némirovsky, *I doni della vita*
537. Patrick Leigh Fermor, *Tempo di regali*
538. Milan Kundera, *Un incontro*
539. Igino, *Mitologia astrale*

540. François Mauriac, *Thérèse Desqueyroux*
541. Sándor Márai, *L'ultimo dono*
542. Joseph Roth, *Al bistrot dopo mezzanotte*
543. Georges Simenon, *La finestra dei Rouet*
544. S.Y. Agnon, *La leggenda dello scriba*
545. W.G. Sebald, *Secondo natura*
546. John Ruskin, *Gli elementi del disegno*
547. Jorge Luis Borges, *Il prisma e lo specchio*
548. Derek Walcott, *Isole*
549. William Faulkner, *Pilone*
550. Alexander Pope, *Il ratto del ricciolo*
551. Vladimir Nabokov, *L'originale di Laura*
552. Mervyn Peake, *Via da Gormenghast*
553. Georges Simenon, *Il ranch della Giumenta perduta*
554. Inoue Yasushi, *Ricordi di mia madre*
555. Irène Némirovsky, *Due*
556. Goffredo Parise, *Il prete bello*
557. Leonardo Sciascia, *Il fuoco nel mare*
558. Vladimir Pozner, *Tolstoj è morto*
559. Georges Simenon, *Corte d'Assise*
560. Varlam Šalamov, *Višera*
561. Alexander Lernet-Holenia, *Ero Jack Mortimer*
562. W. Somerset Maugham, *Honolulu e altri racconti*
563. Roberto Calasso, *L'ardore*
564. Sándor Márai, *Il sangue di san Gennaro*
565. Vladimir Nabokov, *Parla, ricordo*
566. John Maynard Keynes, *Sono un liberale?*
567. Czesław Miłosz, *Abbecedario*
568. Georges Simenon, *La fuga del signor Monde*
569. Irène Némirovsky, *Il vino della solitudine*
570. Giorgio Manganelli, *Ti ucciderò, mia capitale*
571. Gabriel Chevallier, *La paura*
572. Vasilij Grossman, *Il bene sia con voi!*
573. Tommaso Landolfi, *Viola di morte*
574. Sándor Márai, *Il gabbiano*
575. Georges Simenon, *L'assassino*
576. Vladimir Nabokov, *L'Incantatore*
577. Evelyn Waugh, *In Abissinia*
578. Carlo Emilio Gadda, *Accoppiamenti giudiziosi*
579. Irène Némirovsky, *Il signore delle anime*
580. Rudyard Kipling, *Storie proprio così*
581. Oliver Sacks, *L'occhio della mente*
582. Maurice Sachs, *Il Sabba*
583. Cristina Campo, *Il mio pensiero non vi lascia*
584. Czesław Miłosz, *Trattato poetico*
585. Georges Simenon, *Il destino dei Malou*
586. Leo Perutz, *Il Maestro del Giudizio universale*
587. Osip Mandel'štam, *Il rumore del tempo*
588. Irène Némirovsky, *I falò dell'autunno*

589. W. Somerset Maugham, *Storie ciniche*
590. Adam Zagajewski, *Dalla vita degli oggetti*
591. Georges Simenon, *I complici*
592. Carlo Emilio Gadda, *L'Adalgisa*
593. Tommaso Landolfi, *Diario perpetuo*
594. Hermann Hesse, *Siddhartha*
595. Vladimir Nabokov, *Guarda gli arlecchini!*
596. W.G. Sebald, *Soggiorno in una casa di campagna*
597. Irène Némirovsky, *La preda*
598. Misia Sert, *Misia*
599. Carlo Emilio Gadda, *Verso la Certosa*
600. Georges Simenon, *Le signorine di Concarneau*
601. Derek Walcott, *La voce del crepuscolo*
602. I.J. Singer, *La famiglia Karnowski*
603. Irène Némirovsky, *Una pedina sulla scacchiera*
604. Sándor Márai, *Sindbad torna a casa*
605. Joseph Conrad, *Il caso*
606. W. Somerset Maugham, *Una donna di mondo e altri racconti*
607. Georges Simenon, *Faubourg*
608. Giorgio Manganelli, *Cina e altri Orienti*
609. Oliver Sacks, *Allucinazioni*
610. Irène Némirovsky, *Film parlato*
611. Mario Praz, *Il patto col serpente*
612. Nina Cassian, *C'è modo e modo di sparire*
613. Vladimir Nabokov, *Un mondo sinistro*
614. Fernando Pessoa, *Poesie di Fernando Pessoa*
615. Patrick Leigh Fermor, *Fra i boschi e l'acqua*
616. Simone Weil, *La rivelazione greca*
617. Georges Simenon, *I fratelli Rico*
618. Elizabeth Bishop-Robert Lowell, *Scrivere lettere è sempre pericoloso*
619. Wallace Stevens, *Aurore d'autunno*
620. I.J. Singer, *Yoshe Kalb*
621. William Faulkner, *Foglie rosse e altri racconti*
622. Alberto Arbasino, *Ritratti italiani*
623. Henry Miller, *I libri nella mia vita*
624. Georges Simenon, *I clienti di Avrenos*
625. Andrej Belyj, *Pietroburgo*
626. Irène Némirovsky, *L'Orchessa e altri racconti*
627. Louis Ginzberg, *Le leggende degli ebrei, V*
628. Tommaso Landolfi, *Il tradimento*
629. Vladimir Nabokov, *Nikolaj Gogol'*
630. Oliver Sacks, *Diario di Oaxaca*
631. Georges Simenon, *Il pensionante*
632. Hugo Ball, *Cristianesimo bizantino*
633. I.J. Singer, *La pecora nera*
634. Astolphe de Custine, *Lettere dalla Russia*
635. Vasilij Grossman, *Uno scrittore in guerra*
636. Patrick Leigh Fermor, *La strada interrotta*
637. Georges Simenon, *Il grande male*

638. Józef Czapski, *Proust a Grjazovec*
639. Aleksandr Lurija, *Un mondo perduto e ritrovato*
640. Oliver Sacks, *In movimento*
641. Benedetto Croce, *Poeti e scrittori d'Italia*
642. Derek Walcott, *Egrette bianche*
643. Jean Renoir, *Renoir, mio padre*
644. Tommaso Landolfi, *I russi*
645. Carlo Emilio Gadda, *Il Guerriero, l'Amazzone, lo Spirito della poesia nel verso immortale del Foscolo*
646. Georges Simenon, *La scala di ferro*
647. Leonardo Sciascia, *Fine del carabiniere a cavallo*
648. Guido Ceronetti, *Per le strade della Vergine*
649. Vladimir Nabokov, *Una risata nel buio*
650. Roberto Calasso, *Il Cacciatore Celeste*
651. J.R. Ackerley, *Vacanza indù*
652. I.J. Singer, *Acciaio contro acciaio*
653. Georges Simenon, *Il passeggero del Polarlys*
654. Louis Ginzberg, *Le leggende degli ebrei, VI*
655. Zbigniew Herbert, *L'epilogo della tempesta*
656. Robert Graves, *Addio a tutto questo*
657. August Strindberg, *L'arringa di un pazzo*
658. Carlo Emilio Gadda, *Eros e Priapo*
659. Tommaso Landolfi, *Des mois*
660. Alberto Arbasino, *Ritratti e immagini*
661. Leo Perutz, *La Neve di San Pietro*